Bitte wend(t)en! AF161645

Heidi und Jürgen Wendt

Bitte wend(t)en!

Der Fisch meines Lebens

Heitere Geschichten

Bibliografische Information der Deutschen Nationalbibliothek:
Die Deutsche Nationalbibliothek verzeichnet diese Publikation
in der Deutschen Nationalbibliografie; detaillierte bibliografische
Daten sind im Internet über http://dnb.dnb.de abrufbar.

© 2014 Heidi und Jürgen Wendt
Coverbild: Ada Breedveld, Amsterdam
Satz, Umschlaggestaltung, Herstellung und Verlag:
BoD – Books on Demand

ISBN: 978-3-7357-2737-4

Inhalt

Heidi erzählt	7
Heidi, stor up!	9
Vereidigung	12
Die vergessene Stadt	20
Kartoffelsalat mit Würstchen oder Karpfen blau?	27
Urian	36
Heidi, deine Welt sind die Berge!	43
Rauchen kann tödlich sein	49
Der Weihnachtsmann kommt mit dem Pferdeschlitten	52
Geschenksendung keine Handelsware	57
Jürgen erzählt	61
Tüffelschalen holln	63
Der Busenelch	71
Der Fisch meines Lebens	76
Die Unwegsamkeit des Lebens	84
Zahnwechsel	86
Nachwort	90

Heidi erzählt

Heidi, stor up!

»Heidi, stor up!« Ein Satz der die ganze Neubauterstraße morgens um 6:00 Uhr geweckt hat. Er galt mir. Ausgestoßen von meinem Vater. Ich hatte mein kleines Zimmer unterm Dach. Er stellte sich auf die Straße und stieß den Schrei an der Giebelseite unseres zweistöckigen Hauses aus. »Heidi, stor up!", war so laut, dass alle in der Straße wach wurden. Mein Vater hieß Werner, aber wir alle nannten ihn nur »Der Alte", das durfte er bloß nie hören. Ein Mann dessen Herkunft ich nie leugnen kann. Dem ich besonders jetzt im Alter immer ähnlicher werde. Zumindest äußerlich! Ihm verdanke ich meine roten Besenreiser im Gesicht, die ich seit Jahren mit einem schweineteuren Makeup verschmiere. Aber mit den Jahren habe ich mich an diese Röte gewöhnt, und es ist irgendwie auch ein Markenzeichen von mir. Und auch die Fülle, oh man, ich bin mittlerweile genauso dick wie er. Dabei wollte ich nie so aussehen wie mein Vater. Ich kann meine Abstammung niemals leugnen. Mein Mann hielt sich damals an die Devise: Schau dir erst mal die Mutter an, dann weißt du wie die Braut im Alter aussieht. War sicher mein Glück. Denn meine Mutter war schlank, hatte schöne Beine und war eigentlich nie dick. Ihr Gesicht war im Winter gesund blass und im Sommer schön braun. Aber ehrlich, ich bin meinem Vater nicht nur äußerlich ähnlich. Mein Vater war ein Mittelpunktmensch, ob im Guten oder im Bösen. Ich ähnele ihm natürlich nur in der ersten Eigenschaft. Egal wo mein Vater war, er setzte sich immer gekonnt in Szene.

»Heidi, stor up!« Ich habe auf diesen Schrei gewartet, sobald ich das Klappern der leeren Milchkanne hörte. Diese wippten auf dem kleinen Anhänger hin und her, gezogen von einem Moped Marke »Spatz«, mit Zwei-Gangschaltung und Handkupplung am Lenker. Die kleine Sitzbank war mit den Jahren vom Hintern meines Vaters verformt. Dieses Klappern weckte morgens die ganze Bahnhofstraße und alle Nebenstraßen. Wenn das heute einer machen würde, dann würde es wegen Lärmbelästigung deftige Beschwerden im Ordnungsamt hageln. Die Milchkannen mit schwarzem Gummideckel waren frühmorgens das Leergut, wenn er von der Molkerei zurückkam. Hin klapperte es auch schon, aber nicht so laut, denn da waren sie voll. Meine Mutter hatte ihre Kuh und zwei Ziegen um 5:00 Uhr gemolken.

»Heidi, stor up!«, diesen unüberhörbaren Ruf stieß er dann zum zweiten Mal aus, bevor er mit seinem Spatz die Brötchen vom Bäcker Borgwardt holte, fast am Ende der Stadt. Aber wenn er dann von dort wieder zurück war, musste ich unten sein. War ich dann immer noch nicht aufgestanden, kam der Schrei noch mal, dann aber sehr viel heftiger, wütender. Meist hörte ich das Gejaule vom Spatz schon von weitem, polterte die Treppen runter und war rechtzeitig in der Küche, noch bevor er auf dem Hof war. Wir hatten unser Waschbecken in der Küche gleich neben der Tür, mit einem Eimer darunter, weil wir noch lange Zeit keinen Abfluss hatten. Als es einmal klopfte, ich wusch mich gerade, war oben ohne, und ich entsetzt »nein« schrie, verstand der Nachbar »herein«. Das Klo war ein Plumsklo im Scheunengebäude auf dem Hof. Die hölzerne Klobrille wischte meine Mutter täglich und leerte den Stalleimer, der darunter stand. Ich sah zu, dass ich mit meiner morgendlichen Körperpflege fix fertig war, noch bevor sich alle in der Küche zum Frühstück versammelten. Mit zunehmendem Alter war das schon sehr peinlich. Meine Mutter hatte inzwischen den Frühstückstisch gedeckt, und der Alte setzte sich dann, ohne, dass er sich die Gummistiefel auszog, auf seinen Stammplatz. Er hatte täglich ein kariertes Hemd an und einen gestrickten Westover, dazu Manchesterhosen. Nach dem Frühstück brannte er sich eine dicke Zigarre an, danach hustete er laut und feucht.

Um 6:50 Uhr holte mich eine Mitschülerin ab. Sie kam aus einem Nachbarort und durfte ihr Fahrrad auf unserem Hof abstellen. Mein Vater mochte keine fremden Kinder. Sie nervten ihn. Als dann Walburga einmal, wie jeden Morgen, in der Tür stand und nach mir fragte, regte sich der Alte auf und schrie sie an: »Heidi, de is nicht dor, de har Karbit fretten und is geplatzt.« Walburga fing sofort an zu heulen.

So wiederholte sich das Ritual des Milchkannenklapperns jeden Morgen. Und jeden Morgen weckte mein Vater mich und alle Menschen in der Neubauterstraße mit einem lauten »Heidi, stor up!«. Nur sonntags nicht. Sonntags durfte ich länger schlafen. Sonntags war: »Heidi, stor up!«-frei.

Vereidigung

September 1980. Die Einberufung für meinen Schatz, gerade 19 Jahre geworden, stand fest. Er ging also 1 ½ Jahre zur Fahne; ich zu einem 3-jährigen Studium in den Harz. Wie für tausend andere junge Pärchen begann für uns die Zeit der Trennungsprobe.

Ich brachte meinen Freund schweren Herzens zum Wismarer Sammelplatz, gleich hinter dem Gebäude für Staatssicherheit, wo sich alle jungen Männer von ihren Freundinnen und Eltern verabschiedeten. In ihren Taschen waren genau abgezählt die Utensilien, die sie laut Packzettel der Volksarmee und Grenztruppen mitzubringen hatten. Kulturtasche, Schuhputzzeug, Kragenbinden. Mein Freund wurde jetzt Soldat der Grenztruppen der DDR zum Schutz vor Angriffen des westdeutschen Klassenfeindes an der Mauer zu Westberlin in Groß Glienicke bei Potsdam.

Jungs, die nicht von ihren Eltern und Freundinnen gebracht wurden, waren von heiter angetrunken bis stockbesoffen und versuchten den Abschied von der Freiheit im Rausch mit lauten Scherzen und Getöse über die Bühne zu bringen. Diese Ankömmlinge wurden argwöhnisch von den Unteroffizieren mit dem »Das-Lachen-wird-Euch-schon-vergehen« Blick registriert. Mein Herz war schwer, denn ein Wiedersehen sollte es erst in 12 Wochen geben, am Tag der Vereidigung.

Meine Forstschule im Harz hatte Heizungsprobleme, erst in 10 bis 12 Wochen konnte der Unterricht regulär beginnen. So starteten wir mit Studenteneinsätzen im Süden der DDR. Wir arbeiteten im Wald. Wir bereiteten Pflanzflächen vor, verbrannten Astreste, pflanzten Bäumchen und mähten das Unkraut in Forstkulturen. Wir Studenten lernten uns während der gemeinsamen Arbeit kennen. Wir hatten viel Spaß miteinander. Ich war also abgelenkt vom Trennungsschmerz.

Mein Freund und ich schrieben uns alle zwei Tage gegenseitig

Briefe. Und egal in welchem Nest wir Studenten gerade untergebracht wurden, oft nur notdürftig und sehr einfach, die Briefe kamen immer an. Anfangs war es ein großes Feldlagerzelt auf einem Holzplatz in Flöha, später eine Holzbaracke für Bergbauleute in Koblenz. Nein, nicht Koblenz am Rhein, sondern Koblenz bei Hoyerswerda. Dann kam sein Brief in dem stand, wann und wo die Vereidigung stattfinden sollte, und zwar Anfang November in Sachsenhausen, auf dem Gelände des ehemaligen Konzentrationslagers und der jetzigen Gedenkstätte.»Und Häschen«, so nannte er mich,»zieh dir doch bitte einen Rock an, du hast so schöne Beine und vielleicht kann ich ja doch mal drüber streicheln.« Häschen war damals fast 40 kg jünger, und dieser Kosename war gegenüber jetzt, er sagt es ja auch schon seit 25 Jahren nicht mehr, noch relativ passend, obwohl meine Oberweite so eine Verniedlichung kaum zuließ. Häschen hatte sich braune enge Kunstlederstiefel mit hohen Absätzen gekauft. Das Kunstleder wärmte meine Füße kaum, und der kalte Novemberwind fegte mir unterm kurzen Rock die Schenkel blau, die nur mit einer dünnen Nylonstrumpfhose geschützt waren. Hauptsache ich sah gut aus.

Das Lieblingsbuch aller Studenten war damals das Kursbuch für Bahn und Bus und durfte in keinem Rucksack oder keiner Handtasche fehlen. Schnell fanden wir Studenten raus, was Zeichen und Hieroglyphen bedeuteten. Darin waren wir alle Profis. Es wurde grundsätzlich die letzte Bahn rausgesucht, um noch recht lange bei den Lieben zu Hause oder dem Liebsten bleiben zu können. Ich schrieb mir den Fahrplan nach Sachsenhausen raus, auch für die Rückfahrt. Ich ahnte nicht, dass sich diese Reise, wie der DDR-Klassiker von Benno Pludra »Die Reise nach Sundevid« entwickeln würde. Denn immer kam ich, genau wie Tim Tammer einen kleinen Tick zu spät.

Ich ließ mich also an diesem Morgen um 04:00 Uhr von einer Mitstudentin wecken, die einen Funkwecker aus dem Westen besaß, der nur leise piepte. Obwohl ich eh schon wach war, vor

Aufregung hatte ich kaum geschlafen, meine innere Uhr war auf nicht verschlafen programmiert. Endlich sollte ich meinen Schatz wieder sehen, endlich bald wieder ganz nah mit ihm zusammen sein. Telefonieren vom Festnetz oder Handy, SMS schreiben oder mailen, das alles waren im Gegensatz zu heute utopische Kommunikationsmittel. In jedem Brief brachten wir unsere Sehnsucht zum Ausdruck, und so ist die Freude auf ein Wiedersehen von Tag zu Tag gewachsen. (Ich habe übrigens noch alle Briefe!)

Um 05:05 Uhr sollte der Linienbus des Arbeiterberufsverkehrs von der Landstraße abfahren. Zur Bushaltestelle musste ich zwei Kilometer im Stockdunkeln zu Fuß gehen. Da stand ich dann einsam und frierend im Rock und Feinstrumpfhosen, aber in Kunstlederstiefeln, an der finsteren Bushaltestelle. Die Straßenlampen schalteten sich erst um 06:00 Uhr ein. Ich wartete und wartete. Ich fror. Ich hätte mir doch lieber die Wisent-Jeans anziehen sollen. Der Bus kam nicht. Es war Samstag, und wie sich später herausstellte, habe ich wohl im Busfahrplan etwas übersehen, dieser Bus fuhr zwar werktags, aber nicht samstags. Was sollte ich tun? Ich musste doch zur Vereidigung. Ich rannte zurück und weckte in der Baracke in seinem Einzelzimmer unseren Barkassfahrer. Ein sehr netter Mann, etwa 50, für mich damals ein alter Mann. Er war natürlich sofort bereit mich zum Bahnhof nach Hoyerswerda zu bringen und fragte auch gleich, wann er mich am Abend dort abholen solle. Er hätte sich eigentlich erst die Erlaubnis bei unserem Studentenleiter holen müssen für diese außerordentliche Einzelfahrt. Aber eine Teilnahme an der feierlichen Vereidigung von Angehörigen, es war ja mein Verlobter, da war dieses schließlich eine sozialistische gute Tat. Keiner der leitenden Genossen hätte mir diesen Wunsch verwehrt. Der Kraftfahrer erzählte mir auf der Fahrt zum Bahnhof von der Vereidigung seines Sohnes, während ich das Kursbuch nach dem nächsten Zug wälzte, den ersten hatte ich verpasst. Ich weiß nicht mehr, wie oft ich umsteigen musste in Bahn und S-Bahn. Ständig im Laufschritt mit meinen neuen hochhackigen Kunstlederstiefeln, von einem Bahnsteig zum anderen. Und dann endlich in Sachsenhausen angekommen, war ich eine Stunde zu spät. Den Männerchor mit: »Ja das gelobe ich«, habe ich verpasst. Ich hörte durch den Lautsprecher Marschmusik. Auf dem großen Appellplatz marschierten die Soldaten im Stechschritt in Reih und Glied, die großen Stahlhelme tief ins Gesicht gedrückt. Der Platz war abgesperrt und von winkenden und mit großen Taschentüchern wedelnden Zivilisten umsäumt. Ich schlängelte mich egoistisch und völlig außer Atem durch. Am liebsten hätte ich mich beim Drängeln durch die Korona von Freundinnen, Verlobten und Ehefrauen rechtfertigen mögen: »Jetzt komm ich! Macht den Weg frei! Ich bin schließlich schon den ganzen Morgen alleine durch die Republik gefahren, also bitte machen Sie jetzt Platz für mich!« oder: »Schön, dass Sie Ihren Soldaten schon gesehen haben oder gar umarmt haben. Ich nicht!«. Ja, ich war neidisch auf die anderen Frauen, die die militärisch hart gedrillte Zeremonie von Anfang an miterleben durften und schon mal eine Runde wehleidig vor Sorge um ihren Liebsten bei der Fahne geheult hatten. Ich stand nun endlich auch an der Absperrung und konnte gut Einsicht nehmen. Ich sah in alle Soldatengesichter. Sie sahen alle gleich fremd aus mit diesen bescheuerten Helmen. Doch dann sah ich meinen Soldaten, er war plötzlich da. Er marschierte im exakten Gleichschritt, mit starrem Geradeausblick, ganz nah an mir vorbei. Die Stiefel knallten auf dem Asphalt, sodass es mir im Bauch wehtat. Ich rief seinen Namen. Aber er schaute stur geradeaus. Keiner der Jungs in Uniform wagte einen Seitenblick. Oh Gott, was hatte man aus ihnen gemacht?! In diesem Moment fiel mir der Film »Die Abenteuer des Werner Holt« ein. Pflichtprogramm an der POS, der Polytechnischen Oberschule. Mein Soldat sah so fremd aus, so militärisch gebeugt, gedemütigt, wie Werner Holt eben. Ich rief ihm zu und winkte, aber vergebens, er schaute nicht zu mir. Die Truppen marschierten zum Ausgang. Und die

»grauen Mäntel« sprangen alle auf Kommando auf die LKW' s. Keine Chance ranzukommen, sich mal zu drücken oder ein paar Worte zu wechseln. Dann fuhren die Armee-LKW´s ab. Da stand ich nun mit Tränen in den Augen, total verzweifelt.

Die Menschenmenge löste sich auf, und man ging zu den Trabis und Wartburgs, um den Soldaten hinterherzufahren in die jeweiligen Kasernen, wo es Kaffee und Kuchen für alle geben sollte. Gemütliches Treffen der Soldaten mit ihren Familien von 13:00 bis 15:30 Uhr. Jetzt war es 12:30 Uhr. Wie sollte ich jetzt in diese verdammte Kaserne nach Groß Glienicke kommen? War ich etwa vergebens den ganzen Tag unterwegs gewesen?

Ich fasste mir ein Herz und sprach auf diesem Parkplatz einfach ganz viele Leute an, die gerade in ihre Autos steigen wollten: »Entschuldigen Sie bitte, fahren Sie jetzt in die Kaserne Groß Glienicke?« Rund um Westberlin, entlang der Grenze, gab es viele Kasernen. Ich wollte schon fast aufgeben, da fand ich ein gutmütiges Elternpaar, sehr viel jünger als ich jetzt, also so um die 40, die mich in ihrem Wartburg mitnahmen. Das Auto war schön warm, und meine blau gefrorenen Schenkel tauten allmählich auf. Ich saß sehr schüchtern auf dem Rücksitz, aber glücklich. Gleich hatte ich es geschafft. Gleich durfte ich meinen Schatz in die Arme nehmen. Neben mir auf dem Sitz stand ein prall gefüllter Fresskorb für das Söhnchen. Die Bananen oben auf, sie dufteten so gut, wie sie nur zu DDR-Zeiten dufteten. Ich hatte an diesem Tag nur ein paar Kekse gegessen. Wann hatte ich das letzte Mal Bananen gegessen? Manchmal wünsche ich mir heute wieder diese Lust, diesen Bananenjieper. Mir wurde ganz schlecht vor Hunger.

Angekommen auf dem Kasernenhof schallte aus dem Lautsprecher wieder Kampfmusik. Dazu ein Treiben, eine Mischung aus mausgrauen Uniformierten und bunt gekleideten Zivilisten. Ich achtete nur auf graue Jungs die solo standen. Und da, endlich, fanden wir uns. Unsere Herzen pochten heftig vor lauter Freude. Wir küssten uns lange, streichelten unsere Gesichter und küssten uns wieder. Glücksmomente pur. Was für ein wunderschönes Gefühl.

Jeder vereidigte Soldat hatte Besuch, meist waren nicht nur seine Braut, sondern auch die Eltern und Geschwister da. Ich fand es sehr schön, dass ich meinen Schatz nur für mich hatte. Besucherzimmer und Kantine waren gerammelt voll. Alle packten ihre Fresskörbe aus mit Leibgerichten, die die Mamas zu Hause gebacken und gebraten hatten. Ich war froh, dass es in der Kantine guten Kuchen gab. Diesen allerdings hatten die Jung-Soldaten auch dort zum ersten Mal bekommen. Zum ersten Mal wurden die Spritzer, so wurden die Jungsoldaten genannt, ein wenig verwöhnt. Die Eltern sollten ja schließlich sehen, wie gut es ihren Söhnen dort ging.

Wir gingen auf dem Kasernenhof spazieren. Die Zwischenpisser, das waren die vom Mai eingezogenen Soldaten und die nächsten Entlassungskandidaten, kurz EK genannt, schauten sich das ganze Treiben aus ihren Fenstern an und machten derbe Witze. Die EK' s wirbelten mit ihren Bandmaßen.

In einer Ecke auf dem Hof versuchten wir uns ein wenig brav zu liebkosen. Plötzlich winkte uns ein Feldwebel zu sich. Der beobachtete uns schon eine ganze Weile. Meinte er jetzt wirklich uns? Zögernd gingen wir hin. Er fragte, wie es ginge und so und stellte dann diese ungewöhnliche Frage: »Wollt ihr eine halbe Stunde für euch ganz alleine sein? Kommt einfach mit!«

Wie jetzt? Was wollte der denn von uns? In irgendeinem Hintereingang in der Nähe der Kasernenküche schob er uns in einen engen Raum. Irgendwie ein Ruheraum, in dem ein Stahlbett stand mit frischer Bettwäsche, ein Tisch und ein Stuhl, winzig klein. Er sagte: »Ihr seid jetzt eine halbe Stunde ganz für euch alleine«. Er schloss hinter uns ab. 30 Minuten Zeit. Zeit? Wofür? Oh Gott, wir beide waren sprachlos. Ich lief in diesem kleinen Raum umher, schaute in alle Ecken, ob da irgendwo ein verstecktes Loch wäre. Wir zogen unsere Mäntel aus, legten sie über den Stuhl und setzten uns beide ganz versteinert und brav aufs Bett. Setzten wohl bemerkt, nicht legten! Es war still, wir beiden waren still. Wir schauten uns beklommen an und versuchten die Strategie des Feldwebels nachzuvollziehen. Meine Gedanken waren natürlich, der Kerl ist ein Spanner, der lauscht, eine billige Peepshow eben. Mein Soldat, gedrillt von zwölf Wochen Ausbildung in Demut und Gehorsamkeit, dachte nur: die Schweine wollen mich jetzt hier testen. Ungehorsamkeit, unerlaubtes Entfernen vom Kasernenhof, egal, es gab für beides Strafe. Bautzen? Die dritte und unwahrscheinlichste, aber eigentlich glücklichere Variante schlossen wir beide zu 99 % aus, nämlich, dass es sich hier um einen liebenswerten mitfühlenden Genossen handelte, der uns einfach nur eine Gelegenheit schenkte, ein paar Minuten allein und ungesehen sein zu dürfen.

Der Glauben an diese wohlwollende letzte Variante wäre uns natürlich am liebsten gewesen. Wir hatten uns nach zwölf Wochen Enthaltsamkeit so sehr auf dieses Wiedersehen gefreut.

Nun allerdings saßen wir nebeneinander wie zwei in der Pubertät befindliche unerfahren jungfräuliche Teenager, die zum ersten Mal alleine waren. Wir streichelten uns zaghaft, ja sicher, wir haben uns auch geküsst. Aber für richtige ausgiebige Liebe befanden wir uns am falschen Ort. Keiner von uns beiden traute sich den anderen liebreizend zu berühren.

So vergingen die Minuten stillschweigend mit unschuldigen Küssen und sanften Umarmungen. Unsere Augen leuchteten beim Küssen. Es fiel uns schwer, die Wollust zu unterdrücken. Die Frage, ob wir die Chance für kurze Erotik nutzen sollten oder nicht, stellten wir uns gar nicht und ließen es auch wider Willen nicht zu. Wir sprachen über das, was wir in den letzten Wochen erlebten, ich vom Studenteneinsatz und den neuen Freunden, er von der Ausbildung und den neuen Kumpels auf dem Zimmer. Dazu hätte der Feldwebel uns nicht einsperren müssen. So vergingen 30 Minuten fast unangetastet. Wir zogen unser Mäntel an und setzen uns abholbereit aufs Bett. Der schönste Moment dieser 30 Minuten war tatsächlich der, als wir das Aufschließen hörten. Endlich wurden wir aus dieser beklemmenden Situation erlöst. Darüber waren wir am glücklichsten. Der scheinbar barmherzige Feldwebel deutete diesen Anblick für sich natürlich ganz anders. Seine Augen leuchteten und in seinem Blick lag die Frage: Na war´s schön? Das fragte er Gott sei Dank nicht. Brav bedankten wir uns für seine Großzügigkeit.

Die Abreise zurück nach Koblenz in mein Studentenlager verlief sehr unspektakulär. Vor der Kaserne fuhren die Linienbusse bis zum Hauptbahnhof nach Potsdam pünktlich. Der ausgetüftelte Fahrplan für die Rückreise funktionierte. In Hoyerswerda holte mich, wie abgemacht, der Barkassfahrer in der Nacht ab. Ich dachte die ganze Zeit: wenn du das erzählst, was du heute erlebt hast, das glaubt dir eh keiner und jeder würde dann fragen, und habt ihr nun oder habt ihr nicht? Und dann würde jeder sagen, er hätte es auf jeden Fall getan. So eine Chance lässt man doch nicht ungenutzt.

Mein Soldat hatte seine 1 ½ Jahre Dienstzeit mit sehr vielen weiteren Abenteuern überstanden, Soldat, Gefreiter, degradiert und zum Schluss wieder als einfacher Soldat entlassen. Zum Postenführer wurde er nie berufen. Dazu war er zu unzuverlässig. Die Frage, ob er auf eine über die Grenze flüchtende schwangere Frau schießen würde, beantwortete er: »Nein, ich würde sie einfangen, die kann mit einem dicken Bauch eh nicht so schnell laufen.«

Ich besuchte meinen Soldaten an vielen Sonntagen. Wenn er Ausgang bekam, gingen wir in der Natur spazieren. Und besonders bei Liebe unter 0 Grad dachten wir oft an das schöne Bett mit weißer frischbezogener Bettwäsche in dem warmen Kasernenzimmerchen und an den barmherzigen Genossen Feldwebel.

Die vergessene Stadt

Wo sind alle die kleinen Geschäfte mit den mehr oder weniger vollen Regalen meiner Kindheit? Wo?
Die Kleinstadt in der ich aufgewachsen bin, ist wie alle anderen kleinen Städte tot. Die Ladengeschäfte sind entweder zu Wohnungen, zu Versicherungs-oder Immobilienfilialen oder zu Dönerläden umfunktioniert. Wenn nicht gerade ein fleißiger Vietnamese mit seinen geschmacklosen, aber günstigen Klamotten eingezogen ist, stehen die Geschäfte leer, und es hängt ein Schild im Schaufenster mit der Aufschrift »Ladenraum zu vermieten«.
Egal ob Neukloster oder Dargun, ob Neukalen oder Warin, fast überall das gleiche Stadtbild. Will man nur ein Geschenk kaufen, muss man in die große Stadt, in der man eh keinen Parkplatz findet, oder man fährt in das überdimensionale Center am Rande der Großstadt. Ich hasse dieses Einkaufen. Ich ertappe mich tatsächlich mehr und mehr dabei, meine Sachen im Internet zu bestellen.
Als Kind und Jugendliche bin ich gern in unserer kleinen Stadt einkaufen gegangen. Begleitet mich ein wenig in die vergessene Stadt. Geht mit mir in Gedanken noch einmal zum Einkaufen in die Stadt.
Jeder Darguner hatte seine Ladengeschäfte, seinen Bäcker, seinen Fleischer, seinen Kaufmann. Mein Radius der Geschäfte zum Beispiel für tägliches Essen und Trinken war beschränkt auf Kaufmann Richard Schuft oder Konsum Bargmann. Ich habe nur das eingekauft, was die Mutter mir auf den Einkaufszettel geschrieben hat. Eigentlich war es egal. Mehl hat bei Bargmann genauso viel gekostet wie bei Richard Schuft, 1,40 M, Zucker 1,55 M, Ata 13 Pfennig, 125 g Kaffee Rondo 7,50 M, ein Stück Butter 2,50 M, Sonjamagarine 55 Pfennig. Aber es kam schließlich auf die Konsummarken an. Jede Familie war Mitglied der Konsumgenossenschaft. Die Konsummarken fein eingeklebt ins Konsumge-

nossenschaftsbuch brachten immerhin einmal im Jahr einen Wochenendeinkauf umsonst. Ich verbinde jedes Geschäft der Stadt heute mit meinen ganz eigenen Erinnerungen. Wenn man den Konsum Bargmann betrat, lag zum Beispiel immer ein feiner Duft aus der Mischung von Räucherwurst und frischen Negerküssen in der Luft. Ich glaube fast, der Bargmann hatte immer einen Karton Negerküsse unterm Ladentisch. Dort lagen sie fein einzeln in Pergament gebettet und wurden dann an die guten treuen Kunden verkauft. Trotzdem bekam jeder gute Kunde auch nur 10 Stück. Da war er gerecht! Diese Negerküsse wurden von der Verkäuferin vorsichtig in eine TGL-genormte braune Tüte mit dem Aufdruck »Guten Einkauf!« gestapelt. Nur selten hat man alle 10 Negerküsse heil nach Haus bekommen. Wenn ich an den Kaufmannsladen Schuft denke, erinnere ich mich an einen gut gepflegten älteren Mann im weißen Kittel. Unter diesem trug er Hemd und Schlips. Auf der Theke standen große Gläser mit Bonbons gefüllt, die er lose in kleinen spitzen Tütchen abwog. In hübschen Holzregalen präsentierte er, verziert mit weißen Papierservietten, sein Sortiment. In dem einen Teil waren zum Beispiel Puddingpulver, Kaffee, Mehl und Zucker sortiert, in den anderen Konserven mit Obst und Gemüse, Wurst und Fisch. Es gab ein Regal, in dem Margarine, Schmalz und Butter in Pyramidenform gestapelt wurden. In einem unteren Regal standen Waschpulver wie Imi, Fewa, Ata und Wäschestärke in Reih und Glied. Zusammengerechnet wurde mit einem Kopierstift, der, wenn man ihn anleckte, lila schrieb, auf einem kleinen Abrisszettelblock. Ein richtiger Kaufmannsladen. So wie ich ihn mir als Spielzeug immer gewünscht hatte, aber leider nie bekam.

Die Bäckerläden meiner Kindheit waren für mich Oldag und Sparre. Bäcker Oldag sah immer weiß wie sein Mehl aus, ich glaube, nie kam an seine Haut Sonnenbräune. Bei Oldag gab es Torfstücke, rechteckige Biskuitklötzchen mit Schokolade überzogen und mit Zucker bestreut. Nie habe ich solche Torfstücke wieder irgendwo gekauft. Frau Oldag, auch Tüten-Anna genannt, war sehr sparsam mit ihren Papiertüten, die ihr vom Handwerkerhandel zugeteilt wurden. Heute sage ich dazu, umweltfreundlich. Sie schickte vor allem Kinder wieder nach Hause, wenn sie keine Tüte für die Brötchen mitgebracht hatten. Sie fragte: »Häst keen Tüt mit? Dann gor wedder nach Huus un hol een!«

Zu Bäcker Sparre bin ich am Samstagmorgen von hinten über den Hof rein gegangen. Durch den Flur an der Backstube vorbei. Kann man sich das heute noch vorstellen? Der ganze Privatbereich wurde durch Kunden gestört. Bei Sparre gab es immer Quarkstücke für 40 Pfennig das Stück, damals relativ teuer, aber total lecker. Der Quarkkuchen war mit ganz viel Eischnee aufgebacken. Und zu Weihnachten wurde das schönste Lebkuchenhaus mit viel Puderzucker gefertigt. Mit Hensel, Gretel und Hexe stand es im Schaufenster. Ich habe es mir oft angesehen. Es war hübsch beleuchtet und sah zum Anknabbern aus, aber da hätte man sich zu Weihnachten sicher die Zähne ausgebrochen.

Ein Weihnachtsmann, der immer mit dem Kopf nickte, war zu Weihnachten im Schaufenster bei Schlachter Kay zu bewundern. Er nickte monoton, wenn ich ihn fragte, ob er meinen Wunschzettel gelesen hätte und ich auch alles bekäme, was darauf stand.

Die Schlachtersfrau, Frau Kay, hatte die rotesten Apfelbäckchen und war sehr freundlich zu den Kunden. Aber nur ganz selten kauften wir dort ein, weil wir ja immer unsere eigene Wurst hatten. Und wenn doch mal, dann kaufte mir meine Mutter immer ein Wiener Würstchen zum »Gleichessen«.

Bei Schlachter Fiete Seiler arbeitete der Mieter aus unserem Haus, Herr Schuhmacher. Herr Schumacher, von den großen Leuten Ede genannt, sein Vorname war Erich, haute jeden Tag das Fleisch zurecht, machte die Würste und schnitt Gulaschfleisch. Übrigens fehlte Herrn Schuhmacher ein Finger. Bei Seiler kauften wir manchmal Rinderrouladen oder Bierschinken. Herr Seiler hatte immer eine heisere Stimme. Ich dachte mir, das kommt davon, weil er immer im kalten Schlachthaus arbeitet.

Ich liebte den Geruch in den Milchgeschäften. Ein kühler, angenehmer, säuerlicher Geruch von Käse und Milch. Hier wurde frische Milch aus der Darguner Molkerei verkauft. Leider kauften wir nie lose Milch in kleinen Milchkannen ein, denn wir hatten ja selber Kuhmilch. Ich wäre gern mit einer kleinen Milchkanne einkaufen gegangen.

Einmal habe ich einen frechen Jungen beobachtet, wie er seine volle Milchkanne vor sich schwenkte und dann mit langem Arm über seinen Kopf schleuderte. Ich staunte, dass die Milch nicht auslief. »Das kannst du nicht!«, protze er. Nee konnte ich nicht, unsere Milchkannen zu Hause waren 20 Liter Milchkannen, in denen die viele Milch abgefüllt und täglich zur Molkerei gebracht wurde. Es war quasi auch unsere Milch, die der Angeber durch die Luft wirbelte.

Im weiß gefliesten und mit Fischernetzen dekorierten Fischladen von Fiete Kottke platschten im Bassin große Karpfen. Frei nach dem Marionettensktech von Spejbl und Hurvinek »Der Weihnachtskarpfen« kaufte jeder Kunde hier sein »Fritzchen«.

Sehr gut kann ich mich auch an den Eisenladen Thürkow erinnern. Dort roch es nach Fahrradschläuchen und Einweckringen. Im großen Flur standen Kinderwagen, Fahrräder und luftbereifte Ziehwagen aus Drahtgeflecht. Es war bewundernswert, wie schnell die Verkäuferin die passenden Schrauben und Muttern in den vielen Schubladen fand.

Ein ganz kleiner Laden faszinierte mich besonders. Der Buchladen von Herrn Grund, genannt Bücherecke. Herr Grund hatte einen grauen dicken Schnauzbart. Er war sehr groß, seine Frau sehr klein. Es sah sehr komisch aus, wenn sie auf der Straße neben einander gingen.

Ich liebe bis heute noch den Geruch eines ganz neuen Buches. Wenn ich es öffne, riecht es so herrlich nach frisch Gedrucktem.

Ich halte noch immer gern meine Nase in ein ganz neues Buch und atme diesen Duft ein. Der kleine Laden von Herrn Grund roch nach frischen Büchern. Bei Grund gab es aber auch Bleistifte und Buntstifte, Wochenpost, Frösi und Atze, FF-Dabei und den Eulenspiegel. Für die großen Leute holte Frau Grund »Das Magazin« unterm Ladentisch hervor. Die einzige Zeitschrift, in der ein Aktfoto war. Heimlich habe ich mir diese Zeitung im Zimmer meines Bruders angeschaut, da lagen manchmal welche. Das Magazin gibt es immer noch, und ich kaufe es mir jeden Monat. Nein, nicht wegen der nackten Dame, sondern weil dieses Heft sehr kurios und interessant ist. Die Kolumnen sind spritzig, ganz nach meinem Geschmack.

Den Kunstgewerbeladen betrat ich immer sehr respektvoll, denn dort war sehr oft der Gatte der Verkäuferin Frau Knack in Uniform und plauderte mit ihr. Herr Knack war Volkspolizist. Obwohl ich immer artig war, fast jedenfalls, fühlte ich mich nie wohl, wenn ich einem Polizisten gegenüberstand. Ich hatte immer einen dicken Kloß im Hals.

Im Kunstgewerbeladen konnte man Weihnachtspyramiden und Räuchermännchen kaufen, die wurden zu Hause nett eingepackt und als Päckchen in den Westen verschickt. Rechtzeitig vor Weihnachten, damit man ein duftendes Westpaket mit Ritter-Sport-Schokolade, Albrechts-Kaffee und Luxseife zurück erhielt. Eine Jeans und überhaupt Klamotten bekamen wir nie.

Die konnte man ja auch im Kaufhaus Buyni kaufen. Ein richtiges Modchaus für Damen, Herren und Kinder, auf zwei Etagen und großer Treppe. Allerdings war die Mode von gestern. Wie eben so vieles in der Kleinstadt. Immerhin konnte man bei Buyni Stoffe zum Selbstschneidern kaufen, sowie Gardinen.

Noch mehr Mode von gestern gab es im Laden von Herrn Roggendorf. Dafür knarrten die Holzdielen so herrlich, wenn man den Laden betrat. Neben kochfesten Schlüpfern und Unterhosen konnte man dort alles für die Arbeit bekommen, Latzhosen, Arbeitssocken, karierte Hemden. Und vor allem, was bei keiner Frau fehlen durfte: Nylonkittelschürzen, geblümt und bunt. Das wurde gebraucht, das wurde gekauft.

Im Kurzwarenladen von Frau Tiedt suchten meine Mutter und ich die Tischläufer zum Selbststicken aus. Ich habe sehr viel gestickt und das Produkt dann an Tanten verschenkt. Einige wurden in den Westen verschenkt. Bei Frau Tiedt stapelten sich BH-s in allen Größen. Wenn Frau die richtige Größe wusste, hatte sie es nicht schwer, die richtige Farbe zu wählen. Sie brauchte sich nur zwischen weißen und fleischfarbenen zu entscheiden.

In der Drogerie Wiechmann wurde man sehr gut beraten, wenn man den Fleck aus dem Teppich nicht rausbekam. Die Wiechmanns waren stets freundlich. Beide trugen weiße Kittel. Herr Wiechmann war ein sehr gepflegter Mann und benutzte sicher die guten Produkte aus der Kosmetikserie für Herren. Hier war er ja vom Fach. Im Schaufenster funkelten schöne Parfümflaschen und Flakons.

Im Rundfunk-und Fernsehladen arbeitete die Schönste aller Verkäuferinnen von Dargun. Ich habe mir diese schlanke, große Frau gern angesehen mit ihrer tadellosen Figur, ihrem langen, schwarz glänzenden Haar und dem makellosen schön geschminkten Gesicht. An ihren langen Fingern waren die rötesten Fingernägel, die je eine Verkäuferin in Dargun hatte. Es sah sehr schön aus, wenn sie eine Schallplatte auflegte. Gern kauften besonders junge Männer dort ein und ließen sich diese oder jene Schallplatte von ihr vorspielen.

Im Schuhladen von Herrn Rüffert konnte man gute Lederschuhe kaufen oder, wenn es sein musste, auch die blauweißen Turnschuhe für die Schule. Herr Rüffert wohnte gegenüber von unserem Wohnhaus in der Neubauterstraße. Einmal rief er mir verhalten über die Straße zu, dass er schwarze Lackschuhe bekommen hätte. Ja, er wusste ganz genau, welche Schuhe ein Mädchen glücklich machen.

Der allerschönste Laden jedoch, der jedes Kinderherz höher schlagen ließ, war der Spielzeugladen von Herrn Zimmdars. Seine Regale waren bis zur Decke vollgestellt mit den hübschesten Puppen, den plüschigsten Teddybären, Spielzeugautos und Pferdewagen. Unter dem Glas des Einkauftisches lagen Indianer und Soldaten aus Hartgummi, kleines Zubehör für die Puppenstube und vor allem die kleinen süßen Püppchen dazu. Der Renner bei fast allen Jungs war das ferngesteuerte Polizeiauto, ein grün-weißer Wartburg. Auch mit dem ferngesteuerten Panzer spielten die Jungs den Film nach »4 Panzersoldaten und ein Hund«. Ich war schon 9 Jahre und habe mir so sehr eine Puppe mit langem Haar gewünscht. Immer und immer wieder schaute ich mir diese Puppe im Schaufenster an. Sie hatte braunes, langes Haar und ein gelbes Kleid. Der Vater sagte: »Wat wisst du groot Gör noch mit ne Popp?!« Aber ich war so glücklich, als sie dann doch unterm Weihnachtsbaum stand.

Spielzeug-Zimmdars! Welches Kind liebte nicht diesen Laden? Hier wurden Kinderträume war.

Und jetzt ist es, als wäre alles nur ein Traum. Alle diese Geschäfte sind weg. Gibt es nicht mehr. Wo sind sie hin? Ich glaube, es hat schon damals mit den HO-Kaufhallen angefangen.

Ich bin einmal von Kaufmann Richard Schuft heulend nach Hause gekommen und habe meiner Mutter gesagt: »Bei dem doofen Schuft kaufe ich nie wieder ein!« Meine Mutter beruhigte mich erst mal und dann erzählte ich ihr: »Herr Schuft hat mich gefragt, ob ich schon in der neuen HO-Kaufhalle eingekauft habe.« Diese wurde gerade eröffnet. Ich habe: »Ja« gesagt. Darauf tippte er ganz bedrohlich auf dem Ladentisch und schrie mich an: »Hier wat inköfft, un nich woanners! Mark di dat!«

Kartoffelsalat mit Würstchen oder Karpfen blau?

Bei uns zu Hause gab es früher am Heilig Abend immer Kartoffelsalat mit Würstchen, dazu leckeren Apfelmost oder Club-Cola. Das war einfach und praktisch, denn die Eltern mussten erst das Vieh versorgen, füttern und melken.

Meine Mutter hatte im Haus alles vorbereitet, damit es nach dem Abendessen mit der Bescherung gleich losgehen konnte. Im Haus blitzte zu Weihnachten alles besonders schön. Der Holzfußboden glänzte. Der Kachelofen in der guten Stube, die sonst kaum betreten wurde, war warm. Dort stand der Tannenbaum mit viel DDR-Lametta. Meine Mutter legte schon alles am Nachmittag auf den Gabentisch, und wir betraten die gute Stube bis zum Abend nicht. Abzuschließen brauchte sie das Zimmer nicht. Ich war immer ein braves Kind und wollte mir die Überraschung nicht verderben. Ein Weihnachtsmann kam niemals zu uns. Ich mochte auch diese blöde Larve nie. Ich litt immer unter Bauchschmerzen, wenn er in den Kindergarten kam. Einmal bekam ich sogar etwas mit der Rute, weil ich immer so langsam war, vielleicht auch bin.

Am Nachmittag des Heiligenabends freute ich mich immer auf die Sondersendung »Zu Besuch im Märchenland«. Der Schneemann mit dem Sternenbeutel war dort zu Besuch, den ich nie mochte, weil er so maskenhaft aussah mit seiner roten Mohrrübennase und dem schneeweißen Gesicht. Der drehte seinen glitzernden Sternenbeutel, und ein Märchen kam heraus. Strohhalm, Bastschuh und Freund Blase, der immer nur süßen Brei essen wollte und schrie:»Wo ist mein großer Löffel?«. Weil aber kein Feuerholz für den Herd da war, mussten die drei Freunde zuerst in den Wald und Holz holen. Es stürmte und schneite, und die drei mussten viele Abenteuer und Mutproben überstehen, bis sie abends mit dem Holz heimkehrten und den Küchenherd heizen konnten. Alle drei wärmten sich auf, und der Strohhalm konnte endlich den süßen Brei kochen. Ich liebte diesen russischen Zeichentrickfilm. Genauso auch den Film »Die zwölf Monate«.

Kartoffelsalat und Würstchen schmeckten zu Weihnachten besonders gut. Es gab frisch aus dem Rauch kommend duftende Bockwürste und polnische Knacker vom Schlachter Fiete Seiler aus der Stadt. Dafür musste man vor Weihnachten Schlange stehen.

Leider hatte mein Mann das Karpfen-Blau-Essen als Weihnachtsritual mit in die Ehe gebracht und sich seitdem auch immer durchgesetzt. Den Karpfen gibt es am Abend. Den Fisch holt er vom Fischer Prignitz aus Hohen Viecheln, und es muss dann auch immer der allergrößte sein, den Tobias zu bieten hat, jedes Jahr. Die Kinder mochten dieses Gräten puhlen nie und bekamen immer etwas anderes extra. Jetzt mögen sie es gern. Karpfen blau, Kartoffeln mit ausgelassener Butter, frisch geriebener Meerrettich und dazu viel kühlen Weißwein. Fisch muss schwimmen! Der Karpfen wird am frühen Morgen des Heiligabend geholt, gleich geschlachtet und sauber gemacht, sowie portionsmäßig für den Kochtopf geteilt; quasi küchenfertig.

Der Weihnachtstag verläuft jedes Jahr gleich. Mein Mann schleppt den kuriosesten Weihnachtsbaum an, den er finden kann. Er hatte ihn sich schon Wochen vorher im Wald beim Tannengrün machen ausgesucht und am Weihnachtstag mit der Tochter geholt.

Als wir noch Weihnachtsbäume vom Hof verkauften, war es immer sehr anstrengend, die Leute von der Schönheit eines jeden Baumes zu überzeugen. Die Weihnachtsbäume wurden immer alle der Reihe nach angefasst und gedreht und betrachtet. Und das dauerte ewig lange. Am schlimmsten sind Männer, die zu Hause nicht viel zu sagen haben und schon beim Aussuchen Schiss in der Büx haben, die Frau könnte zuhause meckern, dass der Baum zu dicht oder zu breit wäre.

Kommen die Ehepaare dann aber gemeinsam, wird das ganze Palaver vor Ort ausgetragen. Ob der Mann denn keine Augen im Kopf hätte und nicht sähe, dass hinten keine Äste wären. Darauf der Mann: »Der kommt doch sowieso in die Ecke.« Gleiche Antwort, jedes Jahr.

Ein Baum hatte mal zwei Spitzen und war etwas einlastig gewachsen. Eine Frau war empört, dass man so was extrem Hässliches zum Kauf anbiete. Sie sagte zu mir: »Den würden Sie sich auch nicht in die Stube stellen«.

»Doch«, sagte ich und stellte mich schützend vor das arme Bäumchen. Dieses Bäumchen, extrem hässlich und stark einlastig gewachsen, wurde unser Weihnachtsbaum. Und seitdem stellen wir uns jedes Jahr einen extrem hässlichen Baum in die Stube. Das ist Wendtsches Gesetz. Denn es gibt keine hässlichen Bäumchen. Es gibt Launen der Natur, und die sind etwas Besonderes. Wir haben immer einen Weihnachtsbaum, den sich kein anderer in die Stube stellen würde. Und die Nachbarn und Freunde kommen dann, um sich extra anzuschauen, was für eine Krücke sich Wendts dieses Mal ausgesucht haben. Im letzten Jahr hatte unser Baum nicht nur drei Spitzen, sondern auch drei Stämme, die aus einem gewachsen waren. Und es war sogar noch ein Vogelnest drin, welches ich tüchtig mit Haarlack einsprühte, aus Sorge, die Flöhe würden in der Wärme munter.

Oft gibt es das Problem, dass der Baum nie in einen herkömmlichen Weihnachtsbaumständer passt und mein Mann dann einen Ständer aus einer dicken Bohle basteln muss. Diese hatte er letztes Jahr sogar noch extra aus dem Sägewerk vorher geholt. Denn er hatte sich diesen Baum wie gesagt, ja schon vor Wochen ausgesucht und das Problem erkannt. Mittlerweile ist es tatsächlich zeitaufwendiger einen kuriosen Baum zu finden, der unserem Ritual gerecht wird, als einen schön gewachsenen.

Und da ich mit den Worten meines Mannes den Baum mit zu viel Tingeltangel versauen würde, schmückt er ihn höchstpersönlich.

Mit echten Kerzen, in rot und mit viel Strohsternen. Dazu trinkt er schon mal entspannt sein erstes Weihnachtsbier oder auch zwei und lässt sich dabei sehr viel Zeit. Er hängt jedes Stück Weihnachtsbaumbehang mit Bedacht an, betrachtet das Angehängte mit Abstand und wechselt sogar die Figuren und Sternchen noch mal aus. Ich werde kribbelig, wenn ich da zuschaue, mit welcher Gemütlichkeit er Dekorateur spielt, während am Heiligtag die Zeit rennt und noch einiges zu tun ist. Früher wollte ich das Schmücken unbedingt allein machen. Heute ist es mir sehr recht, dass es der Gatte macht, und ich werde einen Teufel tun, sein Werk zu kritisieren. Grundsätzlich vertreten wir beide die gleiche Meinung: weniger ist mehr. Oma stand früher jedesmal mit ihrem immer wieder neu geglätteten Stanniol-Lametta aus dem Westen da und versuchte zu überzeugen: »Da gehört doch noch Lametta dran«. Am liebsten hätte sie damit nachgeschmückt. Das hätte sie sich eventuell gewagt, wenn ich den Baum geschmückt hätte, aber nicht bei ihrem Kronsohn.

Ich verzieh mich in die Küche zum Kochen, da steht mir der Mann wenigstens nicht im Weg. Ich höre dabei zum 33-mal die Weihnachts-Geschichte »Der Bäckerengel« von Sybil Gräfin Schönfeldt an. Eine Hörkassette, die ich wie meinen Augapfel hüte und seit über 25 Jahren liebe, ohne dass sie mir über wird.

Ich koche immer Hühnerbrühe, die es zu Mittag gibt. Aus dem Hühnerfleisch mache ich Geflügelsalat. Die Gans für den 1. Weihnachtstag wird mit Äpfeln gefüllt und kommt in den Ofen. Die Oma schälte zu ihren Lebzeiten am Vormittag Unmengen von Kartoffeln, die es am Abend zum Karpfen gibt. Wie wohl in jeder Familie wird das Weihnachtsfest stets mit viel Liebe vorbereitet.

Nachdem wir die Hühnersuppe zu Mittag verspeist haben, packt mein Mann altes Brot zusammen, Äpfel, Mais und Weizen, jeweils einen vollen Eimer von allem. Das ist die Weihnachtsbescherung für die Tiere im Wald. Auch so ein Wendtsches Ritual.

In besonderer Erinnerung geblieben ist mir ein 24. Dezember:

Der Gatte fragte mich, ob ich mit zur Weihnachtsbescherung der Tiere wolle. Ich hatte Bedenken, da die Gans im Ofen schmorte, stellte aber die Flamme kleiner. Die Oma legte sich zum Mittagsschlaf, mein Sohn zappte irgendein Computerspiel, und meine Tochter freute sich, Herrin über die Fernbedienung zu sein. Sie kuschelte sich mit dem Hund auf das Sofa und war glücklich, fernsehen zu gucken und zwar alles das, was sie wollte. Also fuhr ich mit meinem Gatten gemütlich in den Wald. Es schneite leise und es war eine schöne Heiligabendstimmung.

Es gibt da allerdings noch so ein Wendtsches Gesetz. Handy und Telefon werden Heiligtag spätestens am Nachmittag nicht mehr angerührt. Ich steckte mir allerdings das ausgeschaltete Handy vom Ehemann doch heimlich ein. Gott sei Dank.

Im Wald war es wunderschön. Wir fuhren ziemlich tief hinein, ließen das Auto dann stehen, gingen ein Stück zu Fuß und verteilten die Weihnachtsgaben für die Tiere. Mein Mann kontrollierte die Fährten und stellte fest, wie groß die größte Wildsau wäre, die hier ständig einwechselt. Es war so gegen 14:30 Uhr, als wir uns auf den Rückweg machen wollten. Der Gatte ruderte am Lenkrad, um rückwärts umzudrehen, es war glatt, und die Räder gehorchten nicht. Wir rutschten. Und plötzlich sank das Heckteil unseres orangefarbenen Taros rückwärts in den Graben. Die Schnauze samt Motorhaube ragte vor uns in den Himmel. Mein erster Gedanke: Ich wollte dem Mann schon immer mal ein paar Fahrstunden zum »Rückwärtsfahrenüben« schenken! Warum habe ich das noch nicht getan? (Weil er das aus Stolz niemals gemacht hätte.) Er kann einfach nicht mit Rückspiegel rückwärtsfahren, öffnet lieber die Fahrertür, um nach hinten zu schauen. Aber dieses Mal fuhr er nach Gefühl rückwärts, war ja auch nichts zu sehen, was im Weg war, außer dem Graben. Der Ausdruck »Schöne Bescherung!« hätte zu keiner Zeit treffender sein können.

Wir holten Äste und legten diese unter die Räder. Aber die Reifen drehten quietschend durch. Das Heck vom Taro schwenkte hin und her, aber nicht vorwärts. So spielten wir eine halbe Stunde rum.

«Mist«, brummte mein Mann, »und nun kein Telefon!« Da zauberte ich seins aus meiner Jackentasche. Simsalabim. Als erstes rief ich meine Tochter zu Hause an, sie solle doch den Herd, in dem die Gans brutzelte, mal lieber ausschalten. Und dann noch ein paar Stücken Holz auf die Heizung legen. Sie sagte, dass die Oma noch schliefe und freute sich am meisten darüber, noch weiter allein fernsehen zu dürfen.

Dann rief mein Mann drei bis vier Nummern an. Keine Verbindung. Zum Schluss aber doch:

»Kröger bist du zu Hause? Ich hab ein Problem.«

»Dachte ich mir, dass du nicht anrufst, um mir frohe Weihnachten zu wünschen. Klar bin ich zu Hause, wo sonst. Liege auf dem Sofa. Was ist denn?«

»Ich bin im Wald und hab mich festgefahren.«

»Oh man, du hast echt Glück, dass mein Handy noch an ist. Ich wollte das Ding gerade ausschalten und ein Nickerchen machen. Ich mache Heiligabend das Handy grundsätzlich aus. Ok, wo bist du? Ich komme mit dem Pick-Up.«

»Kröger, du musst mit dem Schlepper kommen, das funktioniert nicht mit dem Mitsubishi! Ich sitze verdammt tief im Graben, und es ist sauglatt!«

»Hör auf zu spinnen. Klar geht dat! Hab doch Allrad!«

Wisst ihr eigentlich, wie zauberhaft es im Winterwald am Heiligabend ist? Es fing noch mehr an zu schneien. Genau wie bei Freund Blase, Bastschuh und Strohhalm. Es wurde schummriger und ganz still. Stille Nacht. Heilige Nacht. Ich fror. Bewegte mich. Der Mann hatte keine Zigaretten mehr! Er wurde kribbelig. Dafür hatte er aber etliche Feuerzeuge im Auto rumliegen. Wir könnten uns ein schönes warmes Feuerchen machen. Und dann kommen die zwölf Monate zum Vorschein, wie im Märchen. Und dann haben wir einen Wunsch frei. Dieser wäre ganz sicher kein Körbchen mit Erdbeeren. Wir machten uns beide lustig über die Situation. Dass die Zigaretten alle waren, fand mein Mann absolut nicht lustig. Endlich hatten wir mal Zeit, wieder miteinander zu reden, uns fiel aber nicht viel ein. Das Autoradio, welches jetzt »White Christmas« spielen könnte, und wofür er brav seine GEZ Gebühren zahlte, hatte noch nie funktioniert. Und so genossen wir die Stille im tief verschneiten Winterwald. Ab und zu krächzte ein Rabe.

20 Minuten später. Kröger seilte unseren Taro an seinen Allradmitsubishi. Die Räder drehten und quietschten. Langsam und sachte rutschte nun auch der Pick-up seitwärts in den Graben und kam nicht wieder hoch auf dem Waldweg. Beide Autos lagen nun im Graben.

So, da standen wir drei nun am Heiligabend im verschneiten Wald. Wie Strohhalm, Bastschuh und Freund Blase. Welche Figur war ich? Ja klar, der Strohhalm, ich war ja die, die kochen konnte.

»Wendt was machst du auch für 'ne Scheiße, lass dir einen Allrad zu Weihnachten schenken!«

»Kröger, du bist mit Allrad auch nicht viel besser dran.«

Kröger rief seinen Sohn an: »Ich hab ein Problem.«

»Vadder, du hast echt Glück, dass ich mein Handy noch an hab. Ich wollte es gerade ausmachen. Du weißt Heiligabend ... ..«

Krögers Sohn kam mit dem großen Schlepper in den Wald. Geradeso, als wäre heut noch Holz zu rücken und nicht zwei im Graben liegende Autos. Der Schlepper rettete Mitsubishi und Taro mit Leichtigkeit. Schön, dass man Freunde kennt, die einen nicht im Stich lassen und vor allem am Heiligabend doch noch ans Handy gehen.

Es war mittlerweile 16:00 Uhr und fast dunkel. Wir wünschten uns alle fröhliche Weihnachten und brausten ab mit Schneegestöber. Jeder in eine andere Richtung.

Durchgefroren zu Hause angekommen, standen vor unserem

Haus Bekannte aus dem Dorf, die noch mal fix die Winterluft schnuppern wollten. Jetzt wollten sie auch noch mit uns schwatzen. Ich sagte:»Los kommt rein, mir ist saukalt.« Unser antiker Küchenherd wärmte die Küche schnell, und das Holz knackte. Ich legte Fichtenzweige rein. Das knistert schön und duftet nach Tannenwald. Mein Mann machte Kognak mit heißem Wasser. Dabei holte er in Windeseile seinen Zigarettenkonsum nach. Wir tranken alle zusammen heißen Grog. Der Hund legte sich auf meine Füße und wärmte sie durch. Wir erzählte die eben erlebte Winterwaldstory und lachten und waren sehr fröhlich. »Fröhliche Weihnachten«, das passte.

Dann tranken wir noch alle einen Berentzen Plum, es wurden auch zwei oder auch drei ... oder auch ... Bis es dann so gegen 17:30 Uhr war, und die Oma sich empörte, was wir jetzt am Heiligabend saufen müssten und ob die Besucher Heiligabend kein zu Hause hätten!? Die Frau nuschelte ihrem Mann zu, dass es jetzt auch wirklich Zeit wäre, heim zu gehen. Schließlich hatte sie beim Arbeitsamt einen Weihnachtsmann engagiert und die Päckchen noch nicht beschriftet. Diese mussten auch noch in den Sack. Außerdem müsste sie dem Weihnachtsmann noch Anleitung geben, damit er Bescheid wisse, wer artig war und wer nicht.

Wir verabschiedeten uns. Dabei merkte ich vor der Tür, wie komisch mir war. Ich hätte es beim Grog belassen sollen. Die Freude darüber, nicht bei den Tieren im Wald den Heiligabend verbringen zu müssen, machte mich wohl ein wenig übermütig. Es war eben eine besondere Situation. Erst durchgefroren, dann die warme Küche, dann der Grog und dann der Plum und dann war ich, vorsichtig ausgedrückt, nicht mehr ganz nüchtern. Und jetzt noch der Karpfen. Ich bemühte mich, unauffällig zu wirken, was aber besonders auffiel. Ich kann mich leider nicht mehr ganz genau erinnern, wie ich es schaffte, den Karpfen ohne Schaden und doch mit Geschmack zuzubereiten. Fakt war: nicht nur der Karpfen war blau!

Mir war das jetzt alles ein bisschen zu viel, und ich fluche leise mit mir selbst: »Bei uns gab es früher immer Kartoffelsalat und Würstchen. Kein langes Scheiß kochen am Heiligabend!« Zur Tochter lallte ich: »Kannst du mal bitte … … kannst du mal.. den Schti … den Schti … .« Die Tochter half mir: »Meinst du, ich soll den Tisch decken?« »Jup … genau das meine ich.«

Das Essen war scheinbar gut gelungen. Mein Mann schaufelte sich, wie immer bei Karpfen mit Kartoffeln und Butter, den Bauch voll. Die Kinder drängelten, dass er endlich fertig werden solle. Aber bei diesem Festessen lässt sich der Vater nie aus der Ruhe bringen. Ich frage mich jedesmal, wie man so viel essen kann und vor allem, wo er das alles lässt? Die Welt ist ungerecht!

An die Bescherung kann ich mich leider auch nicht mehr richtig erinnern. Sie wird aber wie jedes Jahr verlaufen sein. Meine Tochter spielte das Christkind und verteilte die Päckchen. Die Geschenke wurden ausgepackt, und alle waren glücklich und zufrieden. Wie immer bekam Oma neue Haarnetze und Wolle zum Stümpfe stricken und eine Schachtel Pralinen, die wir dann irgendwann von ihr zurück geschenkt bekamen. Die Oma schenkte den Kindern immer eine Rute, an der sie einen Fünfzigmarkschein mit roter Schleife befestigt hatte.

Das Weihnachtspapier, das dann haufenweise im Zimmer herum lag, sammelte Oma auf und legte es sorgfältig zusammen. Es kam dann aber doch ins Feuer, wenn es die Oma nicht sah.

Ich lag nach kurzer Zeit schnarchend auf dem Sofa unter unserem kuriosen Weihnachtsbaum. Stille Nacht, heilige Nacht.

Vor einigen Tagen habe ich den Mann noch mal daran erinnert: »Weißt du bei uns zu Hause gab es früher am Heiligabend immer Kartoffelsalat und Würstchen.« Er darauf: »Von mir aus mach doch Kartoffelsalat und Würstchen!« Schön, dass wir im Alter immer toleranter werden. Aber der Baum, da sind wir uns einig, der wird immer extrem hässlich sein, so hässlich, dass er schon wieder schön ist!

Fröhliche Weihnachten!

Urian

Zum Abschluss unseres Forststudiums mussten alle Studenten ein halbes Jahr lang ein Praktikum in einem StFB, Staatlicher Forstwirtschaftsbetrieb, absolvieren. Unser Einsatzort wurde der Thüringer Wald. Zur Aufarbeitung der Windbruchschäden wurden viele Forstarbeiter und Studenten in den Süden delegiert. Unsere Aufgabe bestand darin, das Baumholz auszumessen und aufzurechnen, Holzladungen zu kontrollieren und Lieferscheine zu erstellen.

Während andere Mitstudenten oft alleine in einem Betrieb im Thüringer Wald abgesetzt wurden, hatte ich das Glück, mit Rosa, alias Angela, in einem kleinen thüringischen StFB unterzukommen. Rosa ist Leipzigerin, Sächsin. In Sachsen wo die schönen Mädchen wachsen. Und das Sachsenmädchen nicht nur schön, sondern auch raffiniert sind, bewies Gräfin Cosel, bei der einst August der Starke schwach wurde. Allerdings stammte Gräfin Cosel aus dem Norden, so wie ich.

Also Rosa, das Großstadtkind, frei und ungebunden, schlank und schön, und ich Heidi, die Landpomeranze, fest gebunden, nicht schlank, aber trotzdem schön, bezogen ein Privatquartier bei Berta und ihrer Familie, bestehend aus ihrem Mann, einem Frührentner und ihrer Tochter Martina, damals 12 Jahre. Sie lebten in einem Einfamilienhaus. Ein ausgedientes Schlafzimmer sollte für ein paar Monate unser neues Heim werden. Die alten Möbel und das Ehebett inklusive. Habe ich eigentlich damals schon geschnarcht? Ich weiß es nicht mehr. Bad und Küche waren mit Familienanschluss. Berta war fast fünfzig, so alt wie ich jetzt bin. Damals erschien sie für uns einfach alt und trutschig. Berta war eine grauhaarige, immer Nylonkittelschürze tragende pummelige Frau mit hellblauen schielenden Augen und großer Zahnlücke. Immer in trampelnder Bewegung, nie still stehend. Als wir die Frau sahen, waren wir zuerst geschockt, besonders, als wir ihre grobe Stimme hörten. Sie hatte eine sehr derbe Redensart, und das alles auf thüringisch. Ihr Dialekt war sehr heimatorientierend speziell, so dass Rosa mir manches übersetzen musste. In diesem Haus ging nichts leise zu. Alles wurde laut gebrüllt. Oh Gott, hier werden wir nicht alt. Wir würden uns eine neue Bleibe suchen, dachten wir. Berta bemerkte unser Unwohlsein und schleimte uns sofort mit allen Versprechen, dass wir beiden Küken es gut haben würden, zu. Tja, das hatten wir es dann auch tatsächlich bei ihr. Sie bereitete uns jeden Morgen einen schön gedeckten Frühstückstisch mit selbst gemachter Leberwurst und frischen Brötchen vom Bäcker. Wir stellten schnell fest, dass Berta eine gute Frau war, mit großer Schnauze, aber Herz am rechten Fleck. Sie war eine sehr saubere und tüchtige Hausfrau. Schaffte stets die besten Vorräte für die Familie ran, hatte den feinsten Kognak in der Hausbar und guten Wein. Speisekammer und Kühltruhe waren proppevoll. Sie wusste immer, wo sie was bekam und mit wem sie gute Geschäfte machen konnte. Es gab nichts, was sie nicht organisieren konnte. Alles für das Wohl der Familie , nun auch für unser Wohl. Letztendlich wollte sie aber auch um keinen Preis auf die geregelte Miete für unser Quartier verzichten, welche sie pünktlich vom Forstbetrieb dafür erhielt. Wir brauchten selbst keinen Pfennig für die Unterkunft inklusive Frühstück zu bezahlen.

Ihr Mann, Dieter, genannt Diddi, ein dominanter großer dicker Mann, saß immer nur in der Küche am Tisch und rauchte, die Ellenbogen aufgestützt, seine Zigaretten Marke F6. Er bestand auf seinen geregelten Mahlzeiten und rührte keinen Finger, weder im Haus noch auf dem Hof. So sehr Berta sonst eine hartgesottene Frau war, so unterwürfig war sie gegenüber diesem sturen Mann. Wenn er in der Badewanne saß, schrie er: »Berta, schrubb mir den Rücken!« Und Berta kam und schrubbte den Rücken. Diddi quatschte den ganzen Tag dummes Zeug, wusste über jeden und alles Bescheid. Eine geistreiche Unterhaltung mit ihm war nicht drin. Er kam aber so schön in Fahrt wenn es um unsere Staatsführung ging, diese Parteifuzzis. »Alles Arschlöcher, die den Kanal nicht voll genug kriegen!« Wenn wir in diese Kerbe mit rein hauten, waren wir mit ihm sehr solidarisch. Dann wurde er sehr gesprächig und sehr großzügig. »Berta hol´ mal ne Flasche Wein für die Mädels«, schrie er laut. Berta brachte eine Flasche gebunkerten Murfatlar oder Cotnari, einem sehr widerlich süßen Wein aus unserem Bruderstaat Rumänien. Wir haben damals süßen Wein geliebt, er schmeckte uns vorzüglich. Zusammen qualmten wir dann die Küche voll und lachten und quatschten und tranken und am nächsten Morgen war der Kopf dick.

Ich, die Dorfpomeranze, nie geschminkt und immer solide, war bei Diddi sehr willkommen. In seinen Augen war ich eine tüchtige ehrenhafte Frau. Rosa, immer hübsch geschminkt, Großstadtkind eben, wurde mit verächtlichen Blicken gestraft. »Nu, die kann ni´ mal Wasser kochen«.

Rosa machte es Spaß, ihn zu provozieren, indem sie konterte, dass sie ja auch kein Wasser kochen müsste! Diddi versuchte nur zu gern Anblicke zu erhaschen, wenn wir jungen Dinger aus dem Bad kamen.

Martina war ein sehr braves und liebes Mädchen und wurde von ihrer Mutter stets zur Hausarbeit angehalten. Sie wurde zwar oft angeschrien von den Eltern, aber das war eben der Ton in diesem Haus. Da musste sie durch. Martina war Bertas ganzer Stolz. »Aus der soll mal was Ordentliches werden! Die soll mal einen vernünftigen Mann kriegen!« Für die Hochzeit hatte Berta schon jetzt vorgesorgt. Martinas Wäscheschrank war voll notwendiger Aussteuer, wie Frotteehandtücher, Geschirrtücher, Bettlaken, Bettwäsche, alles gutes Zeug, was man nur mit Beziehung erhaschte, Bertas Lieblingsbeschäftigung. Für Martina waren wir eine willkommene Abwechslung. Wir haben viel zusammen gelacht und gescherzt. Vergeblich versuchte Rosa ihr das Prinzip der Emanzipation beizubringen.

In der ersten Zeit unseres Praktikums arbeiteten wir in der Verwaltung des Forstbetriebes. Damit man uns beiden jungen Frauen nicht verwechselte, sprachen insbesondere die Forstarbeiter und Holzfahrer hinter unserem Rücken immer von der mit dem großen und der mit dem kleinen Busen. Männer sind eben einfach gestrickt und können sich schlecht Vornamen merken.

Jeder schmunzelte, als wir sagten, dass wir bei Berta wohnten.
»Und? Habt, ihr Urian schon kennengelernt?«
»Wer ist Urian?«, fragten wir.
»Na Urian eben, der Keiler vom Kesselloch, Bertas Sohn.«

Wir wohnten schon ein paar Tage bei Berta. Aber nie hatten wir einen Sohn gesehen und erzählt hatte sie auch nie von einem. Jeder kannte Urian, aber keiner wollte sich dazu äußern.
»Was ist mit Urian?«, fragten wir.
»Nein, den müsst ihr schon selbst kennenlernen. War sicher auch besser, dass Berta noch nichts von ihm erzählt hat!«
»Berta hast du noch einen Sohn?«, fragten wir sie am Abend. Berta fühlte sich ertappt. »Ja klar! Habsch eu das ni gesogt? Nu, der is beim Bau und geht schon früh ausm Haus und kummt erscht späät daham«.
»Hast nicht mal ein Bild von ihm?« Sie holte ein Hochzeitsbild aus dem Schrank. Ich habe mal ein rosa Plüschschweinchen mit Frack und Fliege geschenkt bekommen, den hatte mein Bruder beim Budenschießen gewonnen. Irgendwie kam mir in diesem Moment dieses Schweinchen in den Kopf. Der Bräutigam war ein rothaariger beleibter Mann, x-beinig, im schwarzen Anzug, das Gesicht rotglänzend, die Haare zum Poposcheitel gekämmt. Die himmelblauen Augen schielten uns unter blonden Borstenwimpern an. Seine Stupsnase lugte hinter der überdimensional großen schwarzen Fliege hervor. Die Braut im weißen langen Hochzeitskleid war auch keine Gerte. Auch ihr großes rundes Gesicht strahlte uns an. Berta erklärte uns sofort, dass diese Frau die Falsche war, die nimal Wasser kochen konnte. »Nischt

getaucht hot die. I hab gesogt, Jung, los die scheiden. Hat er oh gemocht.«

Später durften wir am Abend in der Wohnstube fernsehen. Polizeiruf oder irgendetwas anderes Gruseliges lief gerade im Ersten. Plötzlich fiel ein großer Schatten ins Zimmer. Wir drehten uns um, zuckten aber gleich hinter der hohen Sessellehne zusammen, um uns nochmal, jetzt aber sehr viel vorsichtiger, umzudrehen. Im gemauerten Türbogen zum Wohnzimmer stand er, Urian, der Keiler vom Kesselloch. Dick, breitbeinig, den Türbogen fast ausfüllend, rotglänzend, blauäugig schielend, borstenähnliche Wimpern und große Stupsnase, man konnte in seine weit geöffneten Nasenlöcher schauen, durch die er bedrohlich schnaufte. Man konnte schon sagen, er sah zum Fürchten aus. Wir sagten keinen Mucks. Still erschrocken kauerten wir jeder auf seinem Sessel. Was jetzt wohl passieren würde?

Gar nichts passierte. Berta war hocherfreut über die Ankunft ihres Sohnes. »Da bischt du ja mei Jung, i hab schon auf die gewortet. Kum i hab di Rührei gemocht, dess ischt doch so gern.« In der Küche stand eine Riesenpfanne, voll mit goldgelbem Rührei. Er setzte sich ungewaschen in seinem weißen Maureranzug an den Tisch und schaufelte ohne Pause das Rührei aus der Pfanne in seinen purpurroten Mund. Da wir ohnehin ins Bett wollten, versuchten wir uns durch die Küche an Urian vorbei zu schleichen.

»Stopp«, rief er plötzlich. Wie erstarrt blieben wir stehen. »Setzt euch hin!« Brav setzten wir uns an den Küchentisch. Er hob seinen Löffel und blinzelte uns an. Allerdings wussten wir nicht, wen, Rosa oder mich. Das war nur schwer zu erkennen. Ich konzentrierte mich auf das linke Auge, was mich anscheinend ansah. Rosa nahm das rechte Auge.

»Mädels«, sagte er, »wenn ihr Probleme mit dem Alten oder sonst wem habt, sagt Bescheid«. Mehr sprach er nicht. Mit dem Alten war Diddi gemeint, der nicht sein leiblicher Vater war. Berta war in ihren jungen Jahren sicher keine prüde Jungfrau. Ich hätte gern mal den Erzeuger dieses jungen Mannes gesehen. Egal. Urian hat ihn sicher auch nie kennen gelernt. Berta zog den Jungen wie eine Glucke auf, bis sie Diddi kennenlernte und ihn heiratete. Urian kam mit dem Stiefvater nicht so gut klar. Ihm gefiel nicht, wie der Mann mit seiner Mutter umsprang. Diddi hatte Respekt vor seinem Stiefsohn.

Wir nickten und sagten: »Ja, ist gut. Wir kommen aber gut klar mit allen. Auch mit Diddi.« »Najo, i wollts nur gesagt ham«, meinte er und putzte die Pfanne leer.

Rosa und ich gingen schnell zu Bett, die Bettdecke bis oben hochgezogen. Wir prüften ein paarmal, ob die Zimmertür wirklich abgeschlossen war. Wir lachten und schauerten zugleich über dieses eben erlebte Unikum von Mann. Die nächsten Tage hüpften wir sehr viel schneller über den Flur zum Bad und zurück.

Dann kam Bertas großer Tag, ihr 50.Geburtstag. Es wurde Tage vorher sauber gemacht, Gardinen gewaschen, Teppiche ausgeklopft, eingekauft, gebacken, gekocht, geschmort. Berta und Tochter Martina rannten und schafften, wir halfen, soweit sie es zuließ. Diddi krümmte, wie immer, keinen Finger, saß am Küchentisch und qualmte.

Die Geburtstagsgäste ließen sich alle von Berta und Martina bedienen. Ja, auch wir haben geholfen. Berta, im schönen neuen Silastikkleid und frischer Dauerwelle, rannte hin und her. Sie war gut gelaunt. Viele Gäste kamen, meist Verwandtschaft. Nach dem Essen wurde anständig getrunken. Gegen Berta kam aber keiner an. Immer wieder animierte sie die Gäste zum Trinken. »Hab di ni so. Los kum wir stoßen an.« Sie brachte am Abend gut und gerne eine ganze Flaschen Kognak allein in den Schlund. Dazu noch Wein und Sekt. Sie war aber immer noch bei Sinnen und behielt lange den Überblick.

Diddi und sein Kumpel saßen am Tisch, tranken Schnaps ohne Ende und qualmten die Bude voll. Sie tuschelten ständig, uns im Visier. Als ob sie einen Plan hätten. Sie hatten einen Plan. Der lautete: Angriff auf Rosa. Vor dem Angriff trank sich der Diddis Kumpel Mut an. Diddi versicherte: »Die kriegschte leicht ins Bett«. Emanze Rosa machte sich allerdings sehr offen über Diddis Kumpel lustig und gab ihm einen Korb. Das traf ihn tief in seiner männlichen Würde. Beleidigt und aufgeplustert wie ein Truthahn wollte er sich nehmen, was sich nicht freiwillig fügte. Rosa drohte ihm, er solle sich verpissen und sie in Ruhe lassen. Der Kumpel wollte aber lieber fummeln und ließ die Hände nicht ab.

Da schritt Urian ein. Er hatte sich das Spiel eine Weile mitangesehen und hielt es nicht mehr aus. Jetzt setzte er auf Angriff, zog den Kumpel weg von uns, packte ihn am Kragen und haute ihm eins in die Gusche. Jetzt wurde es turbulent. Diddis Kumpel wehrte sich natürlich, Diddi unterstütze ihn. Aber gegen Urian hatten sie keine Chance. Die Männer beschimpften sich mit schlimmen Wörtern. Erst als Berta zur Vernunft brüllte und sich zwischen die Kerle stellte, kam Ruhe rein. Sie schrie: »Schämt ihr eu gor nie, ihr olten Böcke! Lasst mir die Mädels in Ruhe!« Rosa, das Objekt der Begierde, und ich verschwanden lieber von der Bildfläche.

Seit diesem Abend war uns klar, dass Urian unser Freund war. Er war unser Beschützer und hielt sein Wort. Wir haben noch viel zusammen gelacht und gescherzt. Er war so wie Berta, nicht gerade der Schönste, aber herzensgut.

Urian, der Keiler vom Kesselloch, ein Gentleman auf seine Weise.

Heidi, deine Welt sind die Berge!

Wisst Ihr eigentlich wie es ist, wenn man Heidi heißt. Na? Was fällt euch bei dem Namen ein?
Na klar doch: »Heidi deine Welt sind die Berge«. Und oft trällert man mir das Liedchen von der kleinen süßen Heidi vor. Meine Kollegin Hanka singt es jedes Mal, wenn sie mich sieht.
Für meine Mutter stand immer fest, wenn sie mal eine Tochter hat, dann heißt diese HEIDI. Als Dienstmaid im Alter von 18 Jahren kam sie aus Schlesien kurz vor Ende des Krieges nach Österreich. Trotz schwerer Arbeit unter Aufsicht, Hunger und Kälte, vielen Entbehrungen und großer Sehnsucht nach ihrer Mutter und den Geschwistern, von denen sie nicht wusste, wohin sie nach deren Flucht aus Schlesien vertrieben wurden, verliebte sie sich in diese wunderschöne Natur. Österreich! Hier erlebte sie die Heimat der Berge aus ihrem Lieblingsbuch Buch »Heidi«, das sie in ihren Kindertagen mit Freude gelesen hatte. Es war später immer ihr großer Traum, noch einmal die schneebedeckten Berge wiederzusehen. Oft hat sie mir davon erzählt. Wie gern hätte ich ihr diesen Wunsch erfüllt und wäre mit ihr nach Österreich gereist. Meine Mutter starb leider viel zu früh, noch lange bevor die Grenze, und so das Tor zur Welt, geöffnet wurde.
Die Entscheidung stand also lange vor meiner Geburt fest. Als viertes und letztes Kind bin ich als einzige Tochter in den sechziger Jahren geboren. Mein Vater wollte unbedingt, dass ich Lore heiße. So einigten sich die Eltern auf zwei Vornamen »Heidi Lore«, ohne Bindestrich.
Als ich noch klein war, gab es von Günter Geißler den Schlager »Heidi hol die Sonne vor.« Wir hatten diese kleine Schallplatte zu Hause. Heimlich tanzte ich dazu. Fühlte mich angesprochen, weil über mich gesungen wurde. Aber nur, wenn ich mir die Schallplatte alleine anhörte. War jemand dabei, kam ich mir doof vor.

Man wurde dann immer so komisch angeguckt. Das mochte ich nicht, war mir peinlich.

Als ich 16 Jahre war, ein junges hübsches zartes Mädchen, kam das Alpenlied »Heidi, deine Welt sind die Berge« über den Deutschlandsender in die Wohnstuben der DDR. Westradio war verboten, aber alle hatten diese Sender an. Natürlich wurde es das Lieblingslied meiner Mutter. Endlich wurde ihre Bilderbuch- Heidi besungen. Sie hatte ihre Freude daran. Dazu stellte sie sich die Berge und Österreich vor. Ich allerdings verdrehte immer die Augen.

Zeitgleich gab es auch noch das Lied: »Und Erwin fasst der Heidi von hinten an die Schulter«, was man extra laut trällerte, wenn auf dem Tanz Marschwalzer gespielt wurden. Jeder hätte gern seine Hände, na ihr wisst schon, auf meine Schultern ...

Also, als ich 16 Jahre war, ich erinnere noch mal, jung, hübsch, begann ich eine Lehre als Forstfacharbeiter-Mechanisatorin.

Endlich weg von zu Hause. In der Ausbildungsstätte waren Berufsschule und Internat in einem Gebäude. Es herrschte eine strenge Heimordnung, ähnlich wie im Film »Das Puppenheim von Pinnow« mit Walter Plathe in der Hauptrolle, die allerdings mit unserer jugendlichen Gelassenheit oft ausgehebelt wurde. Es entfaltete sich eine tolle Kameradschaft unter uns Lehrlingen. Ich möchte diese Zeit niemals missen. Wir hatten gute Lehrer, wunderbare Lehrmeister und verständnisvolle Heimerzieher. Es war besser, als zu Hause bei der vielen Arbeit auf dem Bauernhof sein zu müssen. Eine neue Welt, neue Freunde, neue Abenteuer. Wenn ich heute an dieser Berufsschule in Klueß bei Güstrow vorbeikomme, brennt mir manchmal das Herz vor Sehnsucht nach längst vergangenen herrlichen Jugendtagen. Rings um diese ehemalige Schule sind die Bäumchen, die wir mal gepflanzt hatten, zu stattlichen Wäldern gewachsen.

In meinem Ausbildungsjahr waren besonders viele Mädchen, insgesamt 14. Die meisten wollten, wie ich später, studieren und Revierförsterin werden.

Unsere Mädchengruppe arbeitete zu Beginn der Ausbildung fast ausschließlich in der Baumschule. Pflanzen ausheben, Sämlinge verschulen. In der Baumschule wurden auch Teilfacharbeiter ausgebildet, also junge Leute mit dem Schulabschluss der 8.Klasse. Zwischen Facharbeiterlehrlingen und Teilfacharbeiterlehrlingen herrschte immer ein neidischer Konkurrenzkampf. Jeder meinte der bessere »Baumschüler« zu sein. Auch wenn wir die gleichen Arbeiten verrichteten, es gab zwischen uns immer schlimme Wortgefechte und Anfeindungen. Wir waren für die anderen die eingebildeten Tussis.

Eines Tages kam ein Lehrling aus der Teilfacharbeiterbrigade zu unserer Mädchenbrigade rüber. Wir knieten gerade auf dem Pflanzacker. Er besprach etwas mit unserer Lehrmeisterin. Sie sagte mir dann, dass dieser junge Mann mir unbedingt etwas ganz Wichtiges am nächsten Tag vorstellen wolle. Wieso ausgerechnet mir? Und was? Die Lehrmeisterin schmunzelte. Sie meinte, es wäre völlig ungefährlich, und außerdem kennt sie den Jungen ganz gut. Er sei nett und hilfsbereit und bei seinen Mädels ganz beliebt. Er würde mir nichts tun. Er hieß mit Spitznamen Tacki. Ich weiß heute nicht mal mehr, ob er gut aussah. Ich mochte meiner Lehrmeisterin nicht widersprechen und war gespannt, was passieren würde.

Am nächsten Tag, es war herbstlich nass, arbeiteten wir, wie die Tage zuvor, in der Baumschule. Wir hatten blaue Gummihosen und Jacken an, viel zu groß. Ich trug immer eine grüne gestrickte Pudelmütze, so ein bisschen frech. Attraktiv genug für ein Baumschulen-Rendezvous, sagte ich mir. Ich wollte nicht hübsch aussehen, und gefallen konnte man in Gummiklamotten ja sowieso nicht. Zur Frühstückspause setzen wir uns alle in einen Waldarbeiterbauwagen.

Und dann kam er. Er holte mich ab. Stolz auf einem Trecker. Oh Gott, auffälliger ging es nicht. »Kommst du mal mit mir mit?« fragte er. »Naja, wenn´s sein muss. Was willst du denn?« »Wirst schon sehen, etwas sehr Schönes«, erwiderte er darauf. Er hievte mich auf den Trecker hoch und alle Mädchen, unsere, und die aus seiner Teilfacharbeiterklasse, sahen das Schauspiel. Stolz wie Bolle tuckerte Tacki mit mir über den Baumschulacker. Wenn es damals schon das Lied gegeben hätte, »Resi, i hol die mit dem Traktor ab«, hätte er es im Kassettenrekorder laut gespielt.

Am Wirtschaftsgebäude angekommen, sprang ich fix vom Trecker, sodass es nicht zu der filmreifen »Baby-lass-dich-in-meine-Arme-fallen-Haltung« kam. Er führte mich dann voller Freude in den Essenraum. Ein Essenraum wie DDR-üblich, Tische, geschmacklos aber praktisch, mit Wachstuchtischdecken. Ein Tisch war gedeckt mit zwei goldumrandeten Sammeltassen, passenden Kuchentellern, einer Thermosflasche mit Kaffee und ein weiß bepuderter Kugelhupf.

»Den habe ich für dich gebacken« sagte er zu mir. Auf dem Tisch stand jedoch noch was, ein Kassettenrekorder. »Nicht, dass er jetzt mit mir in Gummistiefeln tanzen will?« dachte ich. Er rückte mir gentlemanlike den Stuhl vor, und ich setzte mich. Seine Augen leuchteten, als er mir ein großes Stück Kuchen auf den Teller legte und Kaffee einschenkte. Dann saßen wir vis a vis. Er schaute mir tief in die Augen, holte noch einmal tief Luft, und dann drückte er auf seinen Kassettenrekorder und es erklang in voller Lautstärke: »Heidi, deine Welt sind die Berge ... « Oh Gott, mir blieb der Kuchen im Hals stecken. Tacki strahlte mich an und war der glücklichste Teilfacharbeiter der ganzen Baumschule. Nein, geredet haben wir kaum, ging ja auch nicht, weil die Musik laut war. Ich hatte das Lied noch nie in voller Länge gehört. Und das dauert lange. Und er strahlte mich an. Ich aß den Kuchen, trank den Kaffee und guckte überall rum, nur nicht in seine Augen, die mich immer noch anstarrten. Ich wurde rot. Ich genierte mich total. Endlich war das Lied zu Ende. »Na, was sagste nu? Freust dich?« »Ja schon, hm«, meinte ich, »ich kann das nur nicht immer so zeigen, aber jetzt müssen wir wohl doch wieder zurück, ne?«

Wer jetzt denkt, es gab noch etwas anderes Spektakuläres, der irrt sich. Ganz brav fuhr er mich wieder auf dem Trecker zu meiner Gruppe zurück. Stolz über sich selbst. Er war verknallt in mich und machte es mir auf diese Weise deutlich. Eine Liebeserklärung mit selbst gebackenem Kuchen, Thermoskannenkaffee und »Heidi, deine Welt sind die Berge«. Tagelang ausgedacht, geplant und vorbereitet. Wie oft hat er wohl am Gänseblümchen abgezählt: Ich mach' s, ich mach' s nicht, ich mach' s! Ich bedankte mich höflich und schüchtern. Und dann musste ich das ganze erst mal verarbeiten, er sicher auch mit Bangen und Hoffen.

Meine Mädels machten sich natürlich lustig über mich und über ihn natürlich auch. Ich spielte verständnisvoll Mutter Theresa und verteidigte ihn. Er hatte schließlich seinen ganzen Mut zusammengenommen und seinen Eroberungsplan in die Tat umgesetzt. Natürlich war ich auch geschmeichelt. Wie ich es ihm aber beibringen sollte, dass ich ihn nicht liebte, wusste ich allerdings noch nicht.

Am nächsten Tag arbeiteten wir wieder in der Baumschule. Auch die Konkurrenz, die Brigade der Teilfacharbeiterlehrlinge. Aber Tacki war nicht dabei. Gottseidank, dachte ich.

Der Herbst ging zu Ende und so auch die Arbeiten in der Baumschule. Die schulische Lehrausbildung hatte begonnen. Schnell vergaß ich Tacki. Ich schwärmte bereits für einen Jungen aus meiner Klasse. Erst viel später erfuhr ich den Grund seines Fortbleibens.

Tacki hatte sich krank gemeldet. Nein, nicht aus Liebeskummer. Oder etwa doch? Er wurde am Abend unseres Rendezvous nach Strich und Faden verdroschen, von seinen eigenen Mädels! Aus Eifersucht grün und blau geprügelt, hatte Prellungen und Augenveilchen. Über seinen Kassettenrekorder sind sie mit dem Trecker gefahren.

Nichts mit »Heidis-heile-Welt-sind-die Berge!«

Ich habe ihn nie wiedergesehen.

Tja, und deswegen kann ich mich heute nicht für dieses Lied begeistern. Also bitte trällert es mir nicht vor! Ihr reißt nur schlimme Wunden auf!

Aber eins ist gewiss, Heidi das Lied und Heidi der Film, ist alles nur gespielt. ICH bin das Original.

Rauchen kann tödlich sein

Ich packte meinen Einkaufswagen aus und verstaute alles irgendwo im Auto. Wie immer fiel mir ein, dass ich wieder mal etwas vergessen hatte. Ich hatte meinem Sohn fest versprochen, dass ich diesmal dran wäre und eine spendiere. Ich ging also ohne Korb durch den Edeka-Markt und stellte mich nochmal an die kleine Schlange zur Kasse an. Dann tippte ich auf die Anzeige der Zigarettenkonsole 1x F6, mittel, 5,60 EUR. Kurzes Aufblinken und die Schachtel fiel aufs Band.

Ein kurzer, entsetzter Schrei von der Kundin hinter mir: »Frau Wendt! Sie rauchen doch nicht etwa?«

Weitere in der Schlange Stehende beugten sich wie Orgelpfeifen in der Diagonale über das Band und schauten mich erstaunt von unten nach oben an. Jemand dahinter: »Also das hätte ich nicht von Ihnen erwartet!« Ein Herr mit Hut: »Ich auch nicht!«

Ich bin ja sonst nicht auf den Mund gefallen und habe immer eine Antwort parat.

Tja, jetzt war ich doch etwas sprachlos, was höchst selten vorkommt. Egal was ich jetzt auch sagen würde, wenn es ums Rauchen geht, gibt es sicher keine wohlwollende Antwort. Sollte ich mich jetzt rechtfertigen? Die angeblich brave, immer nette Frau Wendt raucht! Was für ein Entsetzen!

Wie in einem Daumenkino liefen jetzt folgende Gedanken in meinem Kopf ab, was ich jetzt hätte erwidern können:

»Wissen Sie, ich kauf fast nie Zigaretten. Heute, das ist eine Ausnahme. Diese hier sind für meinen Sohn, von dem ich mir in den letzten Wochen ab und an eine geschlaucht habe, schlauchen musste, weil mein Mann jetzt Pfeife raucht. Hundefutter, Bier, Schokolade und Zigaretten kaufe ich grundsätzlich nie ein. Das ist sein Part. Aber jetzt kauft er für sich nur Tabak, soll ich jetzt etwa Pfeife rauchen?«

Seit dem Tod meiner Schwiegermutter vor fast dreieinhalb Jahren war ich stolz, nicht eine Zigarette geraucht zu haben. Vorher habe ich mal mehr oder weniger geschmökt. Kaum in der Öffentlichkeit, und meine Kollegen wussten es zum Teil gar nicht. In dem Moment, in dem die Oma im Krankenhaus eingeschlafen war, gingen mir sehr viele mysteriöse Gedanken durch den Kopf. Sie hatte es ziemlich schwer in den letzten Stunden. Ich hielt als Letzte ihre Hand.

In dieser Nacht saßen mein Mann und ich noch sehr lange in ihrem Zimmer. Ich habe die Papiere für den Bestatter zusammengesucht. Wir haben über Omas Leben philosophiert, dabei viel Wein getrunken und viel geraucht. Plötzlich starrte ich auf die leer geraucht Schachtel F6.

Wie eine Botschaft von ihr, las ich den legendären Satz auf der Zigarettenschachtel: »Rauchen kann tödlich sein«.

Gevatter Tod holt immer einen nach. Und ich dachte mir sofort: Nee Oma, mich nicht! Seitdem habe ich dann keine einzige Zigarette mehr angerührt. In meinem Kopf brannte sich der Gedanke fest: wenn ich rauche, dann sterbe ich. Ich kann Ihnen sagen, so ein Gedanke hält vom Rauchen ab. Es wurde zwanghaft, nicht zu rauchen. Ich will leben! Obwohl sicher das Gesündeste für mich ist, nicht zu rauchen, machen Zwänge und Ängste das Leben eben auch nicht einfach, ja sogar seelisch krank.

Es hat mir schon Spaß gemacht, ab und zu eine zu rauchen. Kennen Sie Bella Block, die Kommissarin, gespielt von Hannelore Hoger? Meine Lieblingsschauspielerin. Es sieht immer so sexy aus, wenn sie raucht. Wenn ich rauche, dann sterbe ich! Dieser Glaube hat mich seit Omas Tod stets vor dem Griff zur Zigarette bewahrt.

Bis ich eines Tages starke Bauchschmerzen bekam. Ich sollte eine Stuhlprobe bis um 9:00 Uhr beim Doktor abgeben, damit diese im Labor untersucht werden konnte. Es war Freitag, und meine Schmerzen waren so groß, dass ich Gewissheit über mein Darmleiden brauchte. Seit dem frühen Morgen versuchte ich vergebens, wenigstens eine kleine Laborprobe zu produzieren.

Ich wusste, wenn ich jetzt eine rauche, dann klappt der Toilettengang sofort.

Über zwei Stunden haderte ich mit mir. Rauchen und sterben, oder richtige Diagnose und leben. Auch wenn Sie mich jetzt für verrückt halten, ich tat mich sehr schwer mit dieser Entscheidung.

»Befrei dich endlich von deinen Zwängen«, sagte mein Mann. »Oma hat dir nie was Böses getan und wird es jetzt auch nicht tun!«

Also rauchte ich eine Zigarette. Es dauerte keine Minute und ich konnte, was ich musste. Pünktlich gab ich das Röhrchen im Umschlag beim Doktor ab. Nach dem Befund konnte ich gezielt behandelt werden.

Und wie sie sehen: Ich lebe noch!

So stolz darauf, dass ich über drei Jahre nicht geraucht habe, war ich nun stolz, dass ich meine Zwänge überwunden hatte, dass ich frei von dieser Angst war, sofort zu sterben.

Ja, das alles hätte ich jetzt gern den Damen und Herren in der Schlange an der Edeka-Kasse erzählt.

Aber ich sagte nur kurz: »Jeder hat seine Sünden!«, bezahlte die Schachtel und ging.

Nächstes Mal kaufe ich eine Pornozeitung und lege sie für alle sichtbar aufs Band. Auf die Reaktion bin ich sehr gespannt!

Der Weihnachtsmann kommt mit dem Pferdeschlitten

Meine Mutter arbeitet in den siebziger Jahren bei der Deutschen Post. Sie fuhr mit einem gelben Postfahrrad, welches vorne und hinten große Gepäckträger hatte. Ihr Bereich war die Landtour, eine Strecke von etwa 15 km täglich. Im vorderen Gepäckträger waren Zeitungen und Briefe in einem Lederkoffer sortiert, auf dem hinteren Gepäckhalter waren Pakete festgezurrt. Sie war mit allen ihren Kunden sehr vertraut, wusste genau Bescheid wie und wo die Post zugestellt werden sollte.

Viele ihrer Kunden auf dem Land besaßen kein Auto, und so waren diese glücklich und froh, wenn Lotte, eigentlich hieß meine Mutter Charlotte, aber alle sagten Lotte, wenn also Lotte, die Postfrau, die Päckchen und Pakete ins Haus brachte. Meine Mutter scheute keine Mühe und nahm immer so viele Pakete mit, wie ihr Fahrrad tragen und sie selbst radeln konnte. Meine Mutter machte den Menschen gern eine Freude. Sie liebte ihre Arbeit. Auch wenn es nicht immer leicht war bei jedem Wetter mit dem Fahrrad auf der Landstraße zu fahren. Die hatte übrigens tückische Anstiege, die sich zwar gut runter rollten, dann ja aber auch wieder rauf geradelt werden mussten, dabei immer in ehrgeizigem Bemühen, nicht vom Rad abzusteigen. Aus Neugier habe ich sie manchmal begleitet. Allerdings nicht zu oft, der Berge wegen. Ich hasse es heute noch, mit dem Fahrrad einen Anstieg zu fahren.

Die meiste Post mit vielen Briefen, Päckchen und Paketen mussten natürlich zu Weihnachten transportiert werden.

Zu Weihnachten war sie in den Häusern auf dem Land besonders herzlich willkommen. In den Küchen duftete es nach Plätzchen und Weihnachtsstollen, nach Bratäpfeln und Hausgeschlachtetem, nach Schmalz und Schinken. Sie ließ sich kaum Zeit bei der Zustellung, trödelte nie, war immer am Rennen und Fahrrad fahren, war immer in Eile. Die Menschen warteten sehnsüchtig auf sie. Wenn meine Mutter durchgefroren ankam, wurde ein Kaffee oder auch mal ein Grog auf die Schnelle eingeschenkt, manchmal ein Teller Eintopf. Vor Weihnachten musste sie von den Plätzchen kosten und die selbst gemachte Leberwurst probieren. Jeder mochte sie und jeder wollte ihr etwas Gutes tun.

Zu Weihnachten erfreute sich meine Mutter immer an einem eigenen Gabentisch zu Hause, aufgebaut mit geschenkten Aufmerksamkeiten. Albrechts Kaffee, Sarotti-Schokolade, Lux-Seife und natürlich auch Vollmilch-Schokolade von Rotstern, Weinbrandbohnen mit und ohne Kruste, Kaffee Rondo und vor allem selbstgebackenen Plätzchen. Auch kleine Briefe mit netten Worten in Reimen lagen dabei.

Die Menschen waren meiner Mutter, der freundlichen und stets hilfsbereiten Frau, sehr dankbar, besonders wenn das Weihnachtspaket noch rechtzeitig vor Weihnachten gebracht wurde. Aber jeder freute sich auch über die Weihnachtsbriefe mit Wünschen und Lebenszeichen von Verwandten und Bekannten, sowohl aus dem Westen wie aus dem Osten. Ein Telefon hatten nur ganz wenige Haushalte.

Einmal, an einem 24. Dezember, schneite es dicke Schneeflocken. Der Wind pustete sie, sodass die Straßen schnell verschneit waren. In der Poststelle stapelten sich die Pakete. Es war unmöglich, diese mit dem Fahrrad heute noch auszufahren. Das Postauto, ein grauer Trabant-Kombi, hätte die Zustellung auch nicht geschafft, zumindest nicht mehr an diesem 24. Dezember. Die Chefin der Post entschied, dass die Pakete nach den Feiertagen zugestellt werden sollten.

Mein Vater aber holte kurzentschlossen die Pferde aus dem Stall und spannte sie vor einen mit Kufen montierten kleinen Pferdewagen, ein Leiterwagen, den man im Frühjahr auf Wagenräder umrüstet und nun im Winter eben auf ein Gestell mit Kufen baute. Ich kenne meinen Vater oft als knurrenden Mann, er war auch immer fleißig, aber dennoch zu fremden Leuten nicht immer gleich so nett wie meine Mutter. Er war ein richtiger Patriarch. Wenn man Kopper oder den Chef, so nannten die Leute meinen Vater, aber »vernünftig« um einen Gefallen bat, war er dennoch sehr hilfsbereit. In diesem Fall hat ihn allerdings keiner gefragt. Auch die Mutter nicht. Das hat mich sehr beeindruckt. Von sich aus kutschierte er zum Postgebäude, lud alle Pakete auf den Pferdeleiterwagenschlitten und kam dann zusammen mit der Mutter nochmal zu Hause ran, um ein paar schwere Pferdedecken zu holen. Diese deckte er über die Pakete, um sie vor den dicken Schneeflocken zu schützen, damit sie nicht nass wurden. Ich weiß noch wie heute, wie ich aus dem Fenster der kleinen Wohnstube auf die Straße schaute und sah, wie sich der Pferdeschlitten langsam in Bewegung setzte, wie die Pferde den vollgepackten Wagen anzogen und dicke Nebelschwaden aus ihren Nüstern schnauften. Die Flocken wirbelten so dicht, dass man kaum hindurchsehen konnte. Mein Vater in grauer Winter-joppe und Mütze, die Leine in der Hand, im Mund eine dicke Zigarre, Marke Diplomat, und meine Mutter im blauen Postmantel und einem wollenen Kopftuch. Schnell waren beide weiß bepudert. Für uns DDR-Kinder kam der Weihnachtsmann nie mit den Rentieren durch die Luft. Der Weihnachtsmann kam immer mit einem Pferdeschlitten aus dem Wald. Mein Vater sah aus wie der Weihnachtsmann mit seinem roten dicken Gesicht. Ja, er war es heute leibhaftig, und viele Menschen schauten ihm hinterher und wunderten sich, was Kopper heut noch am heiligen Tag fuhrwerkte.

Wie ein altes Weihnachts-Ehepaar saßen meine Eltern eingemummelt auf dem Pferdewagen. Naja, sie waren ja auch ein altes Ehepaar, obwohl damals noch unter 50, also jünger als ich jetzt. Ich war vielleicht 9 oder 10 Jahre und wartete zu Hause auf die Rückkehr. Immer ein wenig in Angst, dass sich die beiden streiten könnten, so eng nebeneinander auf dem Kutschbock. Aber es war ja Weihnachten und das Fest des Friedens und so hoffte ich, dass sie beide auch friedlich wieder heim kämen. Ich konnte schon sehr viel im Haushalt machen. Ich wurde eingewiesen, dass ich die Türen von den Kachelöfen in den Stuben erst schließen durfte, wenn das Feuer dort runtergebrannt war. In der Küche sollte ich allerdings achtgeben, dass das Feuer nicht ausginge. Ich legte ständig Holz nach. So konnte dann auch die Kartoffelsuppe später schnell warm gemacht werden. Die Eltern sollten gleich essen können, wenn sie wieder nach Hause kamen.

Zu Mittag gab es Heiligtag immer etwas Einfaches, etwas, was schnell geht. Am Abend würde es Kartoffelsalat mit Würstchen geben. Auch der stand schon fertig in der Speiskammer. Es war alles schön sauber und gemütlich in der Küche und in den Stuben. Alles wirkte aufgeräumt, und ich war stolz, das Haus zu hüten, damit es fein aufgeräumt blieb. In der guten Stube, früher gab es immer eine gute Stube und eine, in der man sich täglich aufhielt, hatte die Mutter schon am Abend vorher den Gabentisch vorbereitet und mit weißen Bettlaken zugedeckt. Nein, ich schnüffelte nicht. Ich war immer ein sehr braves Mädchen. Ich wollte ja auch meine Überraschung haben und mir diese schöne heimliche Spannung nicht verderben. Ich war dennoch sehr aufgeregt und wahnsinnig neugierig, sodass es im Bauch kribbelte. Jeder kennt dieses Gefühl aus den Kindertagen. Der Weihnachtsbaum, eine Rotfichte, war mit großen bunten Kugeln und viel Lametta geschmückt, duftete so herrlich nach Wald. Ich liebte es, mein Gesicht in den Weihnachtskugeln zu spiegeln. Dann sah man seine Nase dick verschoben mit großen Nasenlöchern.

In der guten Stube lagen drei kleine Postpäckchen unter dem Tannenbaum, noch zugeschnürt, mit der Aufschrift: Erst am 24. öffnen!

Eins war nur für mich von meiner Patentante Lotte aus Arnstadt im Thüringer Wald. In diesem war mal eine Weihnachtspyramide drin, die ich noch besitze und achte. Die anderen beiden Päckchen kamen schon einige Tage vorher aus dem Westen. Eins von der

Tante Lieselotte aus Lüdenscheid, einer Cousine meiner Mutter, und eins von Familie Herbst aus Wolfenbüttel, mit deren zwei Söhnen, Rainer und Volker, ich immer im Sommer spielen durfte, wenn sie bei ihren Großeltern, Malermeister Zentz und seiner Frau, zu Besuch waren. Auf diesen beiden Westpäckchen stand dick und unterstrichen: »Geschenksendung-Keine Handelsware«. Diesen Satz habe ich nie verstanden. Wieso sollte man mit einem Weihnachtspäckchen denn handeln? Oh, wie freute ich mich auf den Heiligabend, wenn wir diese Päckchen auspacken durften. Ich schnüffelte an den Päckchen, ja die Päckchen rochen nach dem Westen, selbst wenn sie noch fest zugeschnürt waren.

Schließlich kamen meine Eltern gegen 14:00 Uhr heim. Der Vater spannte aus, nun hatten die Pferde auch endlich Weihnachten und durften sich die nächsten Tage ausruhen. Später bekamen alle Tiere im Stall eine extra gute Portion Futter. Der Stall war »weihnachtsfein« sauber gefegt. Die Tiere hatten alle frisches Stroh und es war nicht kalt im Stall.

Meine Eltern waren sehr durchgefroren und hängten ihre Jacken zum Trocknen an den Kachelofen. Beide waren an diesem Weihnachtsfest sehr friedlich, und es gab keine ungnädigen Worte. Der Vater war sehr erhaben über seine gute Tat, und die Mutter freute sich sowieso.

Gemeinsam hatten sie es geschafft, den Leuten letzte Weihnachtspäckchen zu bringen und ihnen die Hoffnung auf pünktliche Zustellung zu erfüllen. Viele hatten nicht mehr daran geglaubt, umso größer war ihre Freude.

Meine Eltern machten kein großes Gewese daraus, aber im Stillen waren sie sehr zufrieden mit sich. Auch ich war glücklich, dass beide wieder zu Hause waren, dass nun die jährlichen Rituale seinen Lauf nahmen und der Weihnachtsabend kommen konnte. Ich freute mich auf das Weihnachtsfest, auf Würstchen mit Kartoffelsalat, aber vor allem auf meine Geschenke und natürlich auf das Öffnen der Postpäckchen.

Geschenksendung keine Handelsware

Wer hat sich nicht über Päckchen oder Pakete von Verwandten und Bekannten aus der Bundesrepublik Deutschland mit der Aufschrift: »Geschenksendung –Keine Handelsware« gefreut? Besonders zu Weihnachten waren diese Geschenksendungen sehr willkommen, ich erwähnte es bereits. Diese Päckchen und Pakete waren immer mit stabilem, glattem Paketpapier verpackt und mit feiner Schnur zusammengeschnürt. Sorgfältig wurde alles zur Bescherung aufgeknüpft, damit das Band wieder verwendet werden konnte, auch das Paketpapier. Jeder Ostdeutsche erinnert sich an den feinen Duft, der beim Öffnen aus dem Päckchen strömte. Alles, was darin war, war nochmals sehr dekorativ mit buntem Weihnachtspapier und schöner Schleife verpackt. Obenauf lag ein Zettel, auf dem der Inhalt nummeriert aufgelistet war.

Man ahnte den Inhalt, den der Duft verriet. Man konnte den Inhalt riechen, schnuppern, und man holte erstmal tief Luft, um den Duft des Westens einzuatmen. Zum Vorschein kamen Kaffee, Kakao, Lux-Seife, Niveacreme, Feinstrumpfhosen, Sarotti-Schokolade, Datteln, Lübecker Marzipanbrote und Marzipankartoffeln, Stangen mit Kaugummikugeln, Instantbrühe, Puddingpulver und Vanillezucker von Dr. Oetker, Zitronat und Rosinen, aber auch Zigaretten Sorte Ernte 23 oder Lux. Meine Mutter freute sich über Penatencreme und Ballistol-Öl, für ihre kranke Haut, der Vater über gutes Wurstband, Kunstdarm und weißen Pfeffer zum Wurstmachen.

Diesen Duft eines Westpaktes vergisst kein Ossi. Wir werden ihn nie wieder finden. Dieser Duft eines Westpaketes ist verloren gegangen seitdem Ost und West sich wieder vereint haben. In der Fülle des Westkonsums einfach untergetaucht , einfach verduftet.

Ich habe mal kürzlich meine Freunde aus Wolfenbüttel gefragt, wie sie es empfunden haben, wenn sie ein Päckchen aus der »Ostzone« bekamen. Schließlich wollten wir uns aus dem Osten gern revanchieren und den Westbekannten auch eine Freude machen. Ich habe im Herbst angefangen, Weihnachtstischläufer und Deckchen zu sticken, Taschentücher zu umhäkeln, um diese dann rechtzeitig vor Weihnachten in den Westen zu schicken. Auch Räuchermännchen und anderes kleines Kunsthandwerk wurde gekauft und verschickt. Jemand aus Frankfurt (Main) erzählte mir sogar, dass er noch die begehrten Schallplatten der Gruppe »Karat« aus einem Ostpäckchen besäße.

Mein Spielfreund Volker, welcher heute übrigens im Osten wohnt, sagte, dass man sich über unsere Geschenke sehr gefreut hätte. Die Weihnachtspyramide von uns existiert im Haushalt der alten Eltern immer noch. Sie fanden es sehr beachtenswert, dass die Menschen aus dem Osten Geschenke machten. Er empfand es als kleiner Junge sehr rührend. Aber unsere Päckchen haben immer permanent nach Osten gerochen. Naja, war ja auch ein Ostpäckchen. Er meinte, es war eine Mischung von Bohnerwachs und Linoleum. Gerade so, wie es auf der Polizeistation gerochen hat, wo sich die Bürger aus der Bundesrepublik Deutschland sofort nach ihrer Einreise in die Deutsche Demokratische Republik melden mussten um ihren Aufenthalt, Tag und Uhrzeit der Anreise bzw. der Abreise genau registrieren zu lassen.

Eine Bekannte aus Hamburg erzählte mir mal, dass sie immer bestickte Kissenhüllen von der Tante aus dem Osten geschenkt bekamen. Ihre Mutter fand diese sehr unmodern und altbacken. Die Kissen sahen nach Ostzone aus, die Farben blass und hässlich. Wenn die Ost-Tante, die als Rentnerin in den Westen reisen durfte, zu Besuch kam, wurden die trutschigen Kissenhüllen vorher schnell aufgezogen und auf dem Sofa positioniert. Sobald die Tante wieder heimfuhr, verschwanden die Kissenhüllen bis zum nächsten Ostbesuch im Schrank. Da die Tante aus dem Osten sich sehr freute, dass ihre Handarbeit so sehr geschätzt wurde, schickte sie weitere selbstgestickte Kissenhüllen. Es wurde von mal zu mal mühseliger, das Sofa mit den Ostkissen umzudekorieren, wenn der Besuch aus dem Osten anstand. Auf jeden Fall würdigte und respektierte man die Arbeit der Tante aus dem Osten.

Alle haben sich gegenseitig eine Freude bereitet, auch wenn die Freude im Osten sicher sehr viel größer war. Und wer behauptet, dass die Westverwandten die Kosten eines Westpäckchens von der Steuer absetzen konnten und es nur deshalb verschickt wurde, der war nur böse neidisch. Und selbst wenn, allemal besser als dem Finanzamt etwas zu schenken, mittlerweile denken wir doch genauso.

Über jedes Westpäckchen, egal ob Kaffee und Schokolade von der billigen Sorte waren, hatten wir uns gefreut. Die Bekannte aus Hamburg erzählte mir, dass ihre Mutter schon im Oktober anfing, alles einzukaufen und viel Geld und Zeit investierte. Geld war in ihrer Familie nicht im Überfluss, der Vater war Alleinverdiener, und die Mutter musste sparsam mit dem Haushaltsgeld umgehen. Viele Tage war der Küchentisch die Einpackzentrale, und es wurde alles sorgfältig mit schönem Weihnachtspapier eingepackt. Das machte viel Arbeit. Und sie als Kind staunte, wie arm die Menschen im Osten sein müssten, wenn Seife, Kaffee und Schokolade verschickt würde und half solidarisch beim Einpacken.

Nein, arm waren wir nicht. Eigentlich hatten wir alles, was wir brauchten. Und zu Essen hatten wir mehr als genug. Unsere Eltern erfüllten uns auch all unsere Weihnachtswünsche, die im Gegensatz zu heute angemessen waren, das machte uns glücklich und zufrieden.

Aber ein Westpäckchen war etwas Besonderes. Etwas sehr Schönes, etwas sehr Gutes. Die gute Lux Seife diente oft nur als Duftmittel im Wäscheschrank. Man wagte sich kaum, sie zu verbrauchen. Der Westkaffee wurde nur am Sonntag zur Kaffeezeit genommen. Und eine Sarottischokolade wurde nicht an einem Abend aufgenascht, sondern in Etappen, an mehreren Abenden. Sparsam gönnte man sich immer nur ein kleines Stück, und es zerschmolz so herrlich auf der Zunge. Das bunte Silberpapier vom Baumbehang wurde sogar geglättet und diente später als Lesezeichen. Man konnte in der Schule damit angeben.

Meine Kollegin Birgit hat eine Zwillingsschwester. Die Mutter hatte die Süßigkeiten aus den Westpäckchen immer 1:1 gerecht auf ihren Weihnachtstellern aufgeteilt. Katjes Lakritzkätzchen waren eines der beliebtesten Naschis. Die Schwester hatte aber alle Köpfe der Kätzchen von Birgits Gabenteller abgebissen und ihr dann schwörend erklärt: »In diesem Jahr sind die Lakritzteilchen so, kopflos eben. Schau auf meinen Teller, meine Kätzchen sehen genauso aus!«

Ein anderer Bekannter aus Hamburg erzählte mir, dass in seinen Ostpäckchen Schokolade war. Die kratzte ihn im Hals und sie schmeckte grauenhaft. Nie hätte er eine schlechtere Schokolade probiert. Ich glaube, das war bestimmt eine Schlagersüßtafel, die kratzte auch in meinem Hals und war im Mund immer so griesig.

Ja, ein Westpaket machte unsere Herzen froh. Danke, liebe Tanten im Westen, für all Eure Mühe! Jahr für Jahr, habt ihr unseren bunten Teller immer ein wenig farbenfroher und schöner gemacht. Habt unsere Lüste nach edlen Sachen gestillt, habt unsere Gaumen verwöhnt und ein wenig unsere Seele gestreichelt.

Ihr habt uns beschenkt und wir waren glücklich. Keine Verordnung, kein Steuergedanke, kein Solidaritätszwang hat euch dazu beauflagt, ihr habt es aus freien Herzen gern getan.

Ein Bekannter aus Hannover erzählte mir, dass er sich als kleiner Junge gewünscht hatte, in der DDR zu wohnen, weil die dort immer so schöne Weihnachtspakete bekämen. Seine Mutter hatte acht Geschwister in der DDR und bedachte jeden mit einem Weihnachtspäckchen.

Wir könnten jetzt auch Westpäckchen in den Osten senden. Fein verpackt und gar nicht teuer. Der Osten ist jetzt noch weiter, als der Osten früher. Dort gibt es noch Menschen, die sich darüber freuen würden. Um eins können wir diese Menschen beneiden, sie können den Duft eines Westpaketes noch riechen.

Jürgen erzählt

Tüffelschalen holln

Es war lange vor der Wende, also noch tiefste DDR-Zeit, wie man so schön sagt. Ich begann eine Forstlehre und lernte dort meine spätere und noch heutige Frau kennen. Sie sah recht passabel aus und war so etwa 40 kg jünger.

Damals war ich der festen Überzeugung, schau dir deine Schwiegermutter an, dann weißt du, was du in 30 Jahren hast. Die 30 Jahre sind lange um und ich erkenne, dass dieser Spruch totaler Schwachsinn ist. Manchmal kommen Töchter auch nach ihren Vätern. Aber dazu später mehr.

Also, nachdem wir uns kennen gelernt hatten und unsere Beziehung verbal und auch anders gefestigt schien, war es soweit. Inzwischen wusste ich, dass Heidi eine Bauerntochter war und aus dem schönen Ort Dargun stammte. Eine Bauerntochter, oh ha. Mir schwebten zahllose Hektar bis zum Horizont vor, auf denen Kühe und Pferde friedlich grasen. Diese waren allerdings längst in die LPG integriert, und es blieb nur wenig Land für die Selbstversorgung.

Nun sollte ich also meinen Antrittsbesuch machen. Auf ihrem Moped, einem grünen S50B, legten wir die schlappen 60 km von Güstrow bis Dargun so in ca. 1 ½ Stunden zurück und kamen glücklich in der Neubauerstraße an. Gern wäre ich mit meinem Moped gefahren, so um in gewisser Weise Stärke zu demonstrieren. Aber mein Kettenkasten hatte sich schon vor Wochen verabschiedet, und ohne Kettenkasten fahren greift das Kettenrad an, und beides war schwer wieder beschaffbar. Die sozialistische Planwirtschaft beglückte uns zwar mit wunderschönen Sitzbezügen, aber an Ersatzteile hat sie nicht gedacht.

Jetzt war ich also hier, auf dem Bauernhof, mitten in der Stadt! Schnell kämmte ich mir mein schulterlanges Haar, das vom Fahrtwind ungeregelt herumhing. Das hätte ich mir aber sparen können. In diesem konservativen Haus waren lange Haare absolut nicht erwünscht. Argwöhnisch wurde ich von Eltern und Bruder meiner Frau gemustert. Glücklicherweise war nur noch ein Bruder im Haus, die beiden anderen hatten sich schon in der Ferne ihre Existenz aufgebaut.

Meine Schwiegermutter, eine schlanke liebevolle Frau, versuchte die Situation zu entschärfen. »Kommt mal alle rein, ich koch uns erstmal eine Tasse Kaffee. Hefekuchen hab ich auch gebacken.«

Mein Schwiegervater mit der Figur eines Michelinmännchens, in Wattehosen, setzte sich widerwillig zu uns. Soviel zum Thema: Schau dir deine Schwiegermutter an. Mein zukünftiger Schwager strafte mich mit Desinteresse, das sich bei den nächsten Besuchen aber schnell legte, und gab vor, Arbeit im Stall verrichten zu müssen.

So, aber was nutzt es, ich war ja nun mal da. Also wurde ich in die tägliche Arbeit auf dem Hof eingebunden. Die endlosen Wiesen und Felder des Hofes lagen verstreut am Rande der Stadt und wurden wahlweise mit Rüben, Kartoffeln, Luzerne, Mais und Getreide angebaut.

Das Klischee, das sagt, ich brauche einen Tag mit dem Pferd, um meinen Acker abzureiten, traf hier nicht zu. Ich hätte es in zehn Minuten geschafft, wenn ich denn reiten könnte.

Vorwiegend wurde ich für die niederen Arbeiten eingesetzt. Schweine- und Kuhställe ausmisten, Rüben grob säubern, bevor sie in die Häckselmaschine kamen oder den Kartoffeldämpfer füllen, bevor der Chef ihn anstellte und höchstpersönlich die Zeitschaltuhr betätigte.

Mein Schwiegervater war nebenbei Hausschlachter und zog, wie es damals üblich war, von Hof zu Hof und nahm die anfallenden Schlachtungen vor. Abends kam er dann recht erschöpft nach Hause und betätigte die moderne Technik.

Manchmal durfte ich auch füttern, wenn sich beispielsweise

die letzte Schlachtung aus verschiedenen Gründen in die Länge zog und mein Schwager zur Schicht im VEB Maschinenbau war.

Dann bekamen sämtliche Schweine eine Sonderration Schrot und alle anderen Tiere, was sie eben so gern fraßen. Dankbar, wie mir schien, schauten sie mir aus ihren Boxen hinterher.

Damals wusste ich nicht, dass 20 kg Hafer für ein Pferd nicht gut sind. Wie gesagt, ich war eher zuständig für die Arbeiten, bei denen man eigentlich nichts falsch machen konnte, eigentlich.

Am Sonnabend gab es viel zu tun. Der Sonntag allerdings war auf dem Hof heilig und durfte nicht, außer in der Erntezeit, mit irgendwelchen Arbeiten entweiht werden.

Sonntagvormittag wurde gefüttert und Hof gefegt. Dann ging man zum gemütlichen Teil über: Schweinebraten mit Rotkohl, der Schwiegervater legte sich danach auf das große Sofa, die Schwiegermutter setzte sich gemütlich in ihren Sessel und hörte Blasmusik aus dem verbotenen Deutschlandfunk. Später Kaffee und Kuchen bei »Wunschbriefkasten« und »Zu Besuch im Märchenland« oder manchmal auch diverse Indianerfilme mit Gojko Mitic.

Aber es war ja noch Sonnabend und der »Alte«, wie er hinter vorgehaltener Hand von allen genannt wurde, sprach zu mir: »Wi wulln de Pier anspann, wi möten Tüffelnschalen holln. Un achteran, möt ich noch mal ton KAP-Büro, wägen de Melkafrechnung«. Ja selbst am Wochenende waren die Frauen im Büro, weil die Kühe ja nicht wussten, dass Wochenende ist.

Also wie gesagt, ich war der Mann für die niederen Arbeiten. Und Heidi, meine Freundin, weigerte sich seit kurzem, dieser Tätigkeit nachzugehen, die sie jahrelang machen musste, schließlich war ich ja jetzt da.

Grob gesagt lief es dann so: Der Kutscher fuhr durch den Ort und der Untergebene leerte die Abfallbehälter mit Essensresten zum Wohle des Hofes Kopperschmidt, die dann später gedämpft und mit viel Schrot ein vorzügliches Schweinfutter ergaben.

Ich war nicht der Kutscher, wie man sich leicht denken kann.

Auf Kopperschmidts Hof standen vier Pferde, davon zwei Ponys die ihren Lebenshorizont schon weit überschritten hatten. Beide waren über 20 Jahre alt und freuten sich, wenn sie vor dem kleinen Wagen eine Kartoffelschalenabholfahrt gemächlich beendet hatten. Sie hießen Fanny und Möwe.

Parallel dazu standen seit kurzem 2 große Pferde im Stall, edles Warmblut mit allen Brandzeichen, die so einen edlen Renner erst wertvoll machen. Diese gehörten dem Schwager Klaus, und auch nur er konnte sie richtig händeln.

Aber zurück zum »Tüffelschaln holln«. Der Ponywagen stand auf dem Hof und der Alte spannte an. Mein Schwager war nicht zu Hause, entweder machte er irgendwelche Bauerngeschäfte oder besuchte eine Freundin, wer weiß das schon.

Die Norm war günstig, und der Alte holte die großen Pferde aus dem Stall. Drei Tage im Stall, ausgeruht und viel Hafer (ich hatte gefüttert) führte er sie vor den kleinen Ponywagen.

Auf meine bedenkliche Frage: »Sollten wir nicht lieber ... vielleicht ... eventuell ... .die kleinen Pferde anspannen?« antwortete er: »Holl die dor rut!«

Nun waren wir abfahrbereit. Die großen Pferde vor dem kleinen Wagen. Der Alte platzierte sich entzückt auf den Kutschbock und ich öffnete das Hoftor. Leider war der Kutschbock etwas zu schmal, der Rosslenker brauchte Bewegungsfreiheit, und so nahm ich auf der Ladefläche auf einem umgestülpten Kartoffelkorb Platz. Nachdem der Chef sich eine dicke Zigarre der Marke »Diplomat« angezündet hatte und der erste Hustenanfall vorüber war, ging es los.

Nervös zuckten die Muskeln in den Arschbacken der Pferde. Ich glaube, der Fachmann sagt dazu Hinterhand. Aber der Alte hatte sie erstaunlicherweise recht gut im Griff. Wir fuhren über die Bahnhofstraße Richtung See. Die erste Station war Gaststätte Schulz, wo viele Leute anstanden, um Eis zu kaufen, das eine kleine Frau durch eine Fensteröffnung reichte. Also ich runter vom Wagen, an den Leuten vorbei, rein in die Kneipe, volle Behälter holen, ausschütten und leere Behälter am Sammelplatz wieder zurückstellen.

Dann ging die Kutschfahrt weiter die Schlossstraße hinauf. Und die Prozedur wiederholte sich in den Wirtschaften Winter und Askani. Ich war dem Alten nicht schnell genug und musste Kritik einstecken. Aber ich war ja noch neu im Geschäft und musste mir jedes Mal einen Verantwortlichen suchen, der mich über die Stellplätze informierte. Verständlicher Weise waren diese niemals im Eingangsbereich, sondern versteckt in irgendwelchen Ecken. Da es recht warm war und außer Kartoffelschalen auch manchmal Essensreste in den Tonnen waren, herrschte dort reger Flugbetrieb von Brummern und Wespen. Zwischendurch bedienten wir auch ein paar Privatkunden, die allerdings ihre Eimer mit altem Brot und Sonstigem gut sichtbar am Abholtag irgendwo auf dem Grundstück platzierten. Hin und wieder stoppte das Gespann, wenn der Alte jemanden kannte, um einen Plausch zu halten. Und er kannte fast alle. Manchmal grüßte er auch nur knapp mit der dicken Zigarre in der Hand. Irgendwie hatte ich das Gefühl, dass er extra Umwege fuhr. Sehen und Gesehen werden. Aber wer hatte auch so schöne Pferde.

Endlich hatten wie die Demminer Chaussee erreicht, nicht ohne vorher einen Abstecher zu machen, an der alten Mühle vorbei, wo verschiedene Ackerflächen des Hofes lagen. Der Alte staunte: »Man, wat dat all wussen is«.

Wo heute die Brauerei steht, befand sich damals das KAP-Büro. Die Frauen dort berechneten die gelieferten Milchmengen und die Rückmeldung von der Molkerei über den Fettgehalt der Ware. Es kam weniger auf die Milchmenge an, das Geld verdiente man mit dem Fettgehalt.

Lange habe ich mich gewundert, warum auf dem Hof zwei Ziegen standen, obwohl niemand Ziegenmilch trank. Erst später, als ich schon in gewisser Weise zur Familie gehörte, bekam ich rein zufällig mit, warum der Hof die fetteste Kuhmilch lieferte. Ziegenmilch hat bekanntlich fast doppelt so viel Fett als Kuhmilch. Und so konnte man den Fettgehalt recht gut nach oben bessern. Der Rest der Ziegenmilch wurde an die Schweine verfüttert. Eine umständlich aus der Joppe gezerrte Tüte Kaffee der Marke Rondo konnte das Ergebnis bestimmt noch mal um ein oder zwei Zehntel nach oben schönen. Also wie gesagt, jetzt stand das Gespann auf der Demminer Chaussee, und der Alte stieg umständlich ab. Nun durfte ich auf den Kutschbock und bekam die Zügel in die Hand und eine kurze Einweisung. »Holl mal de Pier fast«, lautete meine Einweisung. Und schon war der Einweiser über die Straße im Bürogebäude verschwunden.

Stolz saß ich da, die Zügel in der Hand und beobachtete die edlen Rösser vor mir. Eines dieser edlen Rösser drehte sich um und beobachtete den Typ hinter sich auch, der nun auf dem Kutschbock saß. Die Ohren legte es verdächtig nach hinten und irgendwie sah es aus, als wenn es grinste. Auf mein halb forsches und halb ängstliches: »Naaaa« drehte sich auch der zweite Zosse zu mir um. Der hatte ein noch viel hinterhältigeres Grinsen. Ich habe keine Ahnung von Pferden, aber ich bekam das Gefühl, die wollten sich jetzt irgendwie für die Sonderration Hafer bedanken. Gerade wollte ich noch ein nun nicht mehr forscheres, aber dafür lautes »Naaaaa!« rufen, aber es war schon zu spät. Von Null auf Hundert in nur 5 Sekunden, Schumi wäre ein Amateur dagegen. Die Kartoffelschalen hüpften munter auf dem Ponywagen. Wie auf der Redefiner Hengstparade starteten die Gäule auf der Demminer Chaussee im gestreckten Galopp Richtung Stadt. Was tun? Abspringen tut bestimmt weh, drauf bleiben ist auch nicht gesund. Im Western hatte ich mal gesehen, was man machen muss, wenn Pferde durchgehen. Ich glaube, das heißt sägen. Man zieht die Zügel mit einer gewissen Gewalt mal nach rechts und dann wieder nach links. Meine Pferde hatten diesen Film nicht gesehen und wurden immer schneller. Im Übrigen konnte ich bei mir zu Hause Western aus dem Westen mit Pierre Brice sehen, in Dargun gab es eben nur Ostfernsehen mit Gojko Mitic. Bei dem gingen die Pferde eh nicht durch.

In diesem Moment kam uns ein ockerfarbener Wartburg entgegen. Der Verkehr damals war im Gegensatz zu heute recht bescheiden. Dazu war Wochenende, und so kamen nur alle fünf bis zehn Minuten ein Trabi, ein Wartburg oder ein anderes Ostblock-Auto vorbeigefahren.

Doch dieser Wartburgfahrer war vom Fach! Er stoppte sein Auto, sprang den Pferden mit erhobenen Armen an die Halfter und zog sie seitlich in den Graben. Endlich standen wir.

Die Pferde nass vom Galopp, ich nass von Angstschweiß, so krabbelte ich mit weichen Knien vom Kutschbock. Überschwänglich brachte ich meinen Dank zum Ausdruck und versuchte zu erklären, nicht der Kutscher zu sein, sondern nur der Aufpasser. Der nette Autofahrer riet mir, mich vor die Pferde zu stellen und sie am Kopf festzuhalten. Leider hatte er wenig Zeit, aber er wünschte mir noch viel Glück, und schon war er samt Wartburg entschwunden.

Lieber Wartburgfahrer: Wenn du von dieser Geschichte jemals hörst oder gar liest, dann melde dich bitte. Ich hab dir viel zu verdanken und möchte dir gern einen ausgeben.

In der Ferne sah ich den Alten mit griesgrämigem Gesicht die Straße heraufkommen. Er war sauer, den nicht gerade kurzen Weg zu Fuß zurücklegen zu müssen. Das Einzige was er sagte, als er sein Gespann endlich mit rotem Kopf und außer Puste erreicht hatte, war: »Bist tau blöd de Pier fast to holln?«

Ich durfte wieder auf dem Wagen Platz nehmen, aber hinten, worüber ich diesmal sehr froh war. Ohne weitere Zwischenfälle erreichten wir den heimischen Hof.

Einige Monate später, inzwischen hatte ich mich zum anerkannten Gespannbeifahrer entwickelt, wollten Heidi und ich unser erstes Auto kaufen. Ein Trabant Kombi, ohne Stoßstange und mit durchgerosteten Türschwellen, dazu noch schweinchenfarben, geringfügig älter als zehn Jahre. Dieser sollte es sein. Was anderes war sowieso nicht auf dem Markt. Für den Preis von läppischen 7000,00 Ostmark war er zu haben. Leider hatten wir keine 7000,00 Mark. Kurz entschlossen und ohne großes Aufsehen wies der Alte meine Schwiegermutter an, die Hälfte des Kaufpreises vom Sparbuch abzuheben und uns zu überreichen.

Jetzt wusste ich: Tüffelschalen holln lohnt sich!

Der Busenelch

Der zweite Montag im Oktober, seit Jahren ein fester Termin. Eine Woche Elchjagd in Häboda, Dalsland. Auch in diesem Jahr hatte ich wieder eine Einladung bekommen und durfte einen 2. Jäger mitbringen. Jagdfreund Kurt war natürlich sofort bereit, mich bei dieser schwierigen Mission zu unterstützen. Unsere Frauen wollten ebenfalls mit, der Ruhe und der Pilze wegen.

Marika, meine Tochter, machte gerade den Jagdschein und nutzte die Reise, um ihren jagdlichen Horizont zu erweitern und gegebenenfalls im nächsten Jahr selbst auf den König der nordischen Wälder zu weidwerken.

Am Montag sollte die Jagd beginnen. Eine Woche Elchjagd, herrlich. Wir kamen am Freitagabend an. So war noch Zeit, am Samstag in die Pilze zu gehen und zu fischen. Außerdem musste jeder Jagdteilnehmer seine Schießfertigkeit nachweisen. Der Termin auf dem Schießstand ist meistens samstags oder am Sonntag. Ohne diesen Schein darf man nicht an der Jagd teilnehmen.

Auf einer 80 Meterbahn wird hier auf eine Elchattrappe geschossen, erst stehend und dann flüchtig. Stehend ist kein Problem. Kann ja jeder. Aber der bewegliche Teil machte mir manchmal schon Schwierigkeiten. War der Maschinenbediener ein älterer, ausgeglichener Schwede, ist alles gut. Stets lief der Pappelch mit gleicher Geschwindigkeit. Dieser Mann wollte pünktlich zum Mittagessen zu Hause sein.

Gefährlich wurde es, wenn ein junger, lustiger, biertrinkender Nordmann die Hoheit über das Bedienungspult übernahm. Der ließ den Elch gern mal schnell, mal langsam oder wahlweise mittelschnell laufen. Ein Haufen Patronen konnte man hierbei verknallen, da bei verschiedenen Geschwindigkeiten das Vorhaltemaß jedes Mal anders war. Grinste er auch noch und machte sich ein neues Bier auf, wusste ich, das kann lange dauern. Aber irgendwann waren die nötigen Ringe erzielt, und man konnte sich zu den Leuten mit dem Schein in der Tasche setzen und durch verschiedene Kommentare mithelfen, die nachfolgenden Schützen zu verunsichern.

Untergebracht waren wir wie die Jahre zuvor in einem kleinen urigen Haus mit großem Kamin. Dieses Häuschen stand auf dem Hof unserer Freunde Anna und Bo-Lennart. Auf alten gerahmten Fotos, die zahlreich an dem mit der Axt behauenen Seitenbalken der Hütte hingen, waren die Vorfahren dieses Hofes abgebildet. Auch einige Trophäen, die von ihnen erbeutet wurden, vervollständigten das jagdliche Ambiente. Nebenan ist die Küche und oben sind die Schlafräume.

Die erste Handlung, wenn wir diesen heiligen Raum betraten, war jedes Mal gleich. Wir öffneten ein Bier, setzten uns vor den Kamin, der natürlich noch nicht brannte und meldeten uns bei den Altfordernden mit einem kräftigen »Skol« an. Jetzt wussten sie, dass wir da waren und in ihren Wäldern jagen wollten.

Am Montag, es war noch dunkel, begann die Elchjagd in Häboda. Kontrolle der Papiere, unter anderem auch der Schießnachweise und Eintrag in eine penibel geführte Teilnehmerliste vom Schriftführer. Abends nach der Jagd wird diese so gewissenhaft durch Aufruf wieder abgearbeitet. Sinn dieser Maßnahme ist, mit Sicherheit zu wissen, dass abends auch alle wieder da sind oder ob noch irgendwo jemand im riesigen Wald planlos durch die Gegend irrte. Bei meiner ersten Elchjagd hielt ich diese Maßnahme für sehr übertrieben, musste aber erkennen, dass eine gute Lösung gefunden wurde.

Manchmal fehlte tatsächlich einer, der dann von irgendwo anrief, er stünde an der Waldkreuzung XY und wolle abgeholt werden. Listiger war da schon einer, der sich kurz vor Aufruf mit einem Taxi auf den Sammelplatz fahren ließ. Der hatte absolut die Orientierung verloren, wo auch immer, ein Taxi gefunden, um gerade rechtzeitig seine Anwesenheit kundtun zu können.

Eröffnet wurde die Jagd durch Jagdleiter Tord. Wie sonst auch immer, dauerte die Ansprache für deutsche Verhältnisse recht lange. Bis heute habe ich nicht verstanden, worüber sich Schweden so lange unterhalten können. Inzwischen ist es hell geworden. Aber große Elchjagd ist nur einmal im Jahr, das muss zelebriert werden. In diesem Jahr hatte die Jagdgemeinschaft für 21 Elche die Abschusslizenz bekommen, und das erforderte schon ein gewisses Maß an Organisation.

Dieser erste Jagdtag brachte nicht viel. Ein Kalb und ein Pintschö. Ein Pintschö ist ein männliches Kalb vom Jahr zuvor.

Außerdem wurde ein krankgeschossener Elch gemeldet. Jagdleiter Tord wies an, das betreffende Gebiet großräumig abzustellen und Elchhunde arbeiten zu lassen. Dieser Elch musste unbedingt zur Strecke gebracht werden. Nach schwedischen Präzisionsangaben sollte diese Maßnahme so ungefähr zwischen 13:00 und 14:00 Uhr starten. Wir hatten also noch Zeit, um nach unseren Frauen zu sehen. Diese waren damit beschäftigt, Pfifferlinge zu putzen, die sie vormittags in einem Waldteil, in dem keine Jagd war, gesammelt hatten. Parallel hierzu leerten sie eine Flasche Wein, die erste am heutigen Tag, wie sie an Eidesstatt versicherten.

Geringfügig nach 14:00 Uhr schwedischer Zeit begann das Unternehmen »laufkranker Elch«. Unsere Frauen wollten auch mit, was soll man da machen. Heidi, mein Eheweib, besitzt zwar einen Jagdschein und hatte auch schon Bock und Sau erlegt, aber im Großen und Ganzen ist ihre Jagdpassion mehr platonisch, wenn Sie verstehen, was ich meine. Außerdem wollte sie ja auch nur gucken und packte nebenbei noch ihre Malsachen ein. Elchjagd kann lange dauern.

Frauen gehören hinter den Herd, blöder Spruch, die Knöpfe sind doch vorne! Und nebenbei bemerkt, kann meine Frau gut kochen. Aber ich denke, der Grundgedanke ist schon gut, doch dazu später mehr.

An einer kleinen Straße, wo alle drei Tage mal ein Auto vorbei fährt, war mein Platz. Mieken, meine Tochter, saß neben mir und harrte der Dinge, die da kommen sollten. Vor uns ein etwa drei Hektar großer Waldsee mit Schilf und Teichrosen am Ufer. Im Wasser spiegelte sich das bunte Herbstlaub. Die Sonne stand hoch, und kein Lufthauch bewegte die spiegelglatte Wasseroberfläche. Unweit stand eine einsame Hütte mit einer Terrasse bis an die Wasserfläche. Dort setzten wir Heidi ab. Die hatte mal wieder der Kunstwahn gepackt und sie versuchte, den wunderschönen Anblick mit Kreide auf den Zeichenblock zu bannen.

Marikas Auto, ein weißer Hundefänger, parkten wir praktischerweise vor der Hütte. 200 Meter entfernt saßen Kurt und Rosi unmittelbar am Ufer.

Es dauerte nicht lange, und die Hunde gaben auf der anderen Seite vom See Standlaut. Der Elch wollte nicht gehen, und die Zeit wurde ziemlich lang. Plötzlich Totenstille. Nur ein Schnaufen auf dem See. Der Elchbulle versuchte schwimmend das rettende Ufer auf unserer Seite zu erreichen.

Unser Ufer, wir konnten zwar nichts sehen, weil Bäume und Schilf die Sicht versperrten, aber die Wellen, die der massige Körper verursachte, kamen schon bei uns an. Der Elch würde genau vor uns aus dem Wasser steigen. Ich sagte zu meiner Tochter: »Mieken, pass auf, jetzt kannst du was von deinem Vater lernen! Wir lassen den Elch die Uferböschung hoch kommen, und dann erlege ich ihn mitten auf der Straße. Dann müssen wir nicht lange schleppen und können bequem mit dem Auto ran fahren. Ist doch praktisch.«

Zur gleichen Zeit kam Heidi auf die Straße gelaufen und fuchtelte wild mit den Armen. Es entwickelte sich folgend Dialog im lauten Flüsterton:

»Jürgen, der Elch kommt genau auf uns zu.«

»Ich weiß, setzt dich hin und halt die Klappe!«

»Ich habe aber Angst!«

»Dann setz dich ins Auto, aber leise!«

Blöderweise ist meine Tochter als Letzte gefahren. Sie hat ungefähr die Größe der hier in den Wäldern zahlreich vorkommenden Trolle. Dementsprechend war der Autositz auch bis zum Anschlag an das Lenkrad geschoben. Also troll- oder zwergenmaßig quasi.

Mein Eheweib ist ganz schön weit von der Konfektionsgröße für Trolle entfernt. Außerdem hat sie relativ viel Holz vor der Hütte, wie man im Volksmund so schön sagt. Manchmal finde ich das gar nicht so schlecht. Aber jetzt hätte ich mir doch lieber eine Frau mit Kate-Moss-Busen gewünscht.

Hätte sie den, hätte ich in diesem Jahr einen Elch geschossen und nicht Kurt.

Denn beim Einsteigen touchierte die rechte Brust von Heidi das Lenkrad, wo leider auch die Hupe ist. Ein schriller, lauter Hupton unterbrach die schwedische Idylle. Beim Versuch, sich Platz zu schaffen und den Sitz weiter nach hinten zu schieben, kam die linke Seite zum Einsatz, die das Hupkonzert in unendliche Länge zog.

Mist! Verdammt!

Die Wellen an meinem Ufer wurden kleiner, der Elch hatte die Richtung gewechselt. Er war ja nicht taub. Wie mir später berichtet wurde, setzte gleichzeitig ein wilder Funkverkehr ein. Die schwedischen Jäger, alle mit Funk ausgerüstet, versuchten sofort zu ergründen, warum hier so blöd rumgehupt würde und welcher Idiot an diesem Ufer stünde.

Der Elch schwamm nun noch eine Ehrenrunde und entschied sich dann 50 Meter entfernt vom Jagdstand von Kurt und Rosi, aus dem Wasser zu steigen. So eine Chance lässt sich Kurt natürlich nicht entgehen.

Weidmannsheil Kurt!

Später am Schlachthaus erntete ich viele mitleidige Blicke und manchen stillen Händedruck.

Der Fisch meines Lebens

Es ist mal wieder soweit. Urlaub, geile Sache. Wie viele Jahre zuvor zog es uns wieder nach Schweden. Unsere Freunde Anna und Bo-Lennart haben dort eine kleine Sommerhütte, die wir, wie immer wenn wir kommen wollen, kostenlos nutzen durften. Mitten im Wald , ohne Strom, ohne Wasser und ein Plumsklo, das der Brummer halber wenigstens in 50 Meter Entfernung vom Feriendomizil errichtet wurde.

Also man sollte sich genau überlegen, wann man diesen Weg geht. Umsonst ist nicht gut, aber zu spät ist noch schlechter.

Diese Hütte kann man nur mit einem hochbeinig allradbetriebenen Auto erreichen. Also man kann schon sagen, wenn man da ist, ist man weg. Niemals verirrt sich dorthin jemand. Es ist relativ egal, ob man nackt rum läuft, sich nicht rasiert oder keinen Zahnersatz trägt. Die Hunde brauchen keine Leine und liegen irgendwo in der Gegend auf von der Sonne vorgewärmten Felsen faul rum.

Die Reisevorbereitungen waren immer schnell getroffen. Heidi, mein Eheweib, packt ein paar Klamotten zusammen, egal welche, uns sieht ja eh keiner. Konzerte, Buchlesungen oder andere kulturelle Höhepunkte gibt es nicht, und wenn wir mal in die große Stadt müssen, reichen auch die Reiseklamotten. Ich bin immer fürs Essen und Packen verantwortlich. Den Rücksitz belegen zwei große Hunde, also bleibt nur noch die relativ kleine Ladefläche vom Allrad. Einmal durch Aldi, Edeka oder Penny gerast und schon wird verladen. Harte Wurst, ein paar Konserven. Meerrettich und Bier, ein paar Angelsachen mit Zubehör und Bier, die von Heidi zusammengepackten Klamotten und Bier, fertig.

Das bisschen, was jetzt noch fehlt, kaufen wir in Schweden ein. Außerdem ernährt uns der Wald oder hat es bisher eigentlich immer getan.

In unserer Sommerresidenz angekommen, war eigentlich alles

so wie immer. Preiselbeeren, Blaubeeren und Pfifferlinge satt, die ersten Moltebeeren waren auch schon gut.

Nur mit dem Fischen, das war irgendwie anders. Sonst war es kein Problem für mich, den nötigen Eiweißbedarf mit Angel oder Netz zu decken. Barsch oder Maräne gebraten und geräuchert für uns, Hecht abgekocht und entgrätet für die Hunde.

Also, um es kurz zu machen, nach drei Tagen mussten wir in die große Stadt, um für uns Korv, eine Art Bockwurst und für die Hunde Futter zu kaufen. Am Schlimmsten aber war der nächste Vormittag. An einem kleinen versteckten See, meinem Lieblingssee, trafen wir auf deutsche Touristen. Nette Leute, wir kannten uns von Urlauben vorher und hatten manchmal ein Bier zusammen getrunken. Der Vater angelte mit seinen zwei kleinen Kindern und hatte an diesem Morgen bereits sechs Hechte gefangen. Nicht sehr groß, aber die meisten doch von vorgeschriebener Größe. Ich war in meinen Grundfesten erschüttert. »Zeig mal, wo sind die?«

»Wir haben nur zwei behalten, die anderen schwimmen wieder, die Kinder essen keinen Fisch und du weißt, nur was man braucht, soll man mitnehmen.« Ich weiß, aber im Stillen dachte ich, es hätten nur drei oder vier Fische genügt, um sich den deprimierenden Gang in die Kaufhalle zu ersparen. Die versteckten Anspielungen meiner Frau, von wegen großer Ernährer, waren nur schwer zu negieren. Am Abend waren wir bei Freunden zum Essen eingeladen. Helen, eine hervorragende Köchin, und Anders hatten wohl irgendwie unser Dilemma erkannt. Es gab Elch satt und viele geistige Getränke. Dabei spielte es auch keine Rolle, dass unser Gastgeber weder englisch noch deutsch spricht und ich kein schwedisch. Nach den ersten Gläsern konnten wir uns, wie sonst auch immer, hervorragend über die wichtigen Dinge im Leben unterhalten, also jagen und fischen.

Der allgemeine Frauentratsch wurde von Helen und Heidi auf Englisch beziehungsweise auf Schwedisch besprochen, denn mein

Eheweib hatte die Volkshochschule besucht und den Kurs Schwedisch Teil I und II mehr oder weniger erfolgreich belegt.

Immer, wenn wir bei den Beiden sind, ist es sehr schön. Nur den nächsten Tag kann man vergessen, da ist der Körper mit Alkoholabbau beschäftigt. Eins war nun klar, ich musste die Strategie wechseln, wollte ich nicht mehr in die große Stadt, um Nachschub für uns und die Köter zu holen.

Beim Abschied hatte mir Anders einen Motor und einen Benzinkanister aufs Auto gestellt. Ich sollte sein Boot auf dem Lüssjö benutzen und im tiefen Wasser auf große Hechte jagen. Diese Art zu fischen hatte ich bisher immer abgelehnt, da ich unter Angeln etwas anderes verstehe. Ich sitze gern entspannt am Ufer mit meinen Bierreserven, habe zwei oder drei Angeln mit Köderfisch im Wasser und warte was passiert. Ist der Hecht hungrig, kann man sich so in aller Ruhe seine Mahlzeit zusammenfangen.

Beim Bootsangeln ist das anders. Man muss den Motor und das Ruder bedienen, die Schleppangel halten, die Hunde zur Ruhe ermahnen, aufpassen, dass das Bier nicht umkippt und, und, und. Außerdem hatte ich weder Gaff noch Kescher dabei, um einen größeren Fisch sicher ins Boot zu landen.

Kumpel Anders konnte mir auch nicht helfen. Er meinte, ich sollte den Fisch müde kämpfen und dann entweder hinter die Kiemen greifen und ins Boot holen oder gegebenenfalls mit dem Ruder erschlagen. Prima Tipp!

Meine Tochter hatte mit ihrem Freund die Jahre vorher schon so gefischt und auch einige Hechte überlistet. Nach einem kurzen Telefonat in die Heimat meinte sie, ich sollte einen möglichst großen künstlichen Köderfisch, am besten in den Farben weiß und rot, verwenden. Damit hatte sie den meisten Erfolg.

Ich inspizierte meinen Angelkoffer. Na gut, Koffer ist vielleicht etwas übertrieben. Ein alter Stoffbeutel mit Edekaaufdruck beherbergte mein Angelzubehör mit Sachen, die sich in den letzten Jahren so angesammelt hatten und vielleicht irgendwie verwendet werden konnten. Braucht man mal irgendetwas, muss man ziemlich lange darin herumwühlen. Auskippen geht auch nicht, da sich viele Haken im Stoff festgebissen haben. Zwischen Z- und Heinz-blinkern, die teilweise noch aus DDR-Zeiten stammen, fiel mir sofort ein rot-weißes Ding in die Augen. Ein mächtiges Teil mit drei großen Haken und einem Plastestück am vorderen Ende, womit man die Tiefe einstellen konnte, in welcher der Köder durchs Wasser gezogen werden soll. Ich war beeindruckt und tüttelte das Teil an die Wurfrute mit der dicksten Sehne, die ich besaß. So vorbereitet erreichten wir den See; meine Frau, meine Hunde, meine Angel und ich.

Wenn ich sage See, meine ich auch einen See. Der Lüssjö liegt malerisch eingebettet in Wald-und Felsformation. Er misst an der tiefsten Stelle laut Karte 68 Meter. Also nicht zu verwechseln mit den deutsch Flachwasserseen, in denen man bei Sonne den Kleinfisch im Uferbereich stehen sehen kann.

Das Wasser in diesem See ist sehr klar und kalt. Man kann sich gut vorstellen, dass hier in der Tiefe riesige Exemplare auf Beute lauern. Wenn meine Frau hier schwimmt, legt sie grundsätzlich Ringe und Ketten und alles, was glänzt und blinkert, ab. Mir ist das Wasser zu kalt, doch wenn auf Grund der körperlichen Hygiene mal ein Vollbad ansteht, nur mit Hose. Sicher ist sicher!

Der Motor war schnell montiert, Insassen und Zubehör verstaut, und es konnte losgehen. Folgende Vorgehensweise hatte ich als Käpt´n angeordnet: Heidi sitzt am Heck und bedient das Steuerruder. Kann ja nicht schwer sein, dachte ich. Der Motor war auf Schildkrötengang gestellt, die Hunde im Mittelteil und ich am Bug mit der Angel, die seitlich geschleppt wird.

Schon beim Losfahren traten die ersten Probleme auf. Die weibliche Logik konnte nicht begreifen, dass, wenn man nach links fahren will, man das Ruder nach rechts drehen muss, also praktisch seitenverkehrt. Geradeaus fahren und nach rechts ging schon gar nicht.

Anscheinend war ich wohl etwas laut geworden, was den Steuermann, sorry die Steuerfrau, zusätzlich verunsicherte. Nachdem wir also gefühlte 10 Minuten im Kreis rumgefahren waren und dabei aus dem Wasser herausragende Felsen bedrohlich nahe kamen, musste ich erkennen, dass es so nicht ging.

Wir tauschten also die Plätze, meine unfähige Steuerfrau hielt nun die Angel und ich lenkte das Boot aufs offene Wasser.

Es war ein angenehmes Tuckern über den großen See. Vollkommen windstill. Ich hatte keine Ahnung, in welcher Tiefe uns der Kunstköder folgte. Plötzlich gab es einen leichten Ruck und Heidi meinte: irgendwie ist die Angel fest. Ich schaltete den Motor aus, übernahm die Rute und stellte fest: irgendwie ist die Angel fest.

Nach ein paar planlosen Zügen an der Rute war der Wiederstand plötzlich weg, um kurz danach, und dieses Mal lebhaft, wieder einzusetzen. Jetzt wusste ich, es war ein Fisch, und kein kleiner. Er fing an, das Boot zu ziehen und versuchte, seitliche Fluchtversuche zu unternehmen. »Der alte Mann und das Meer«, konnte nicht viel anders sein.

Ich ließ ihn gewähren, denn das Ufer war weit und der See tief. Müde kämpfen hieß die Devise. Nach einer Viertelstunde begann ich mit dem Drill. Viel zu früh, wie mir später erfahrene Angler erklärten. Mal kam er gut mit, mal kämpfte er wie verrückt, so dass ich ihn wieder ziehen lassen musste. Plötzlich kam er so ungefähr 10 Meter vor dem Boot an die Oberfläche und sprang aus dem Wasser. Er schüttelte sich in der Luft und versuchte, die Haken loszuwerden. Man ist der dick man, dachte ich noch, bevor er wieder in der Tiefe verschwand.

Jetzt glaube ich, machte ich den entscheidenden Fehler. Anstatt ihn ziehen zu lassen und die Schnur immer schön straff zu halten, setzte ich zum finalen Kampf an.

Nach kurzer Zeit war er am Boot. Wir konnten im klaren Wasser alle Details des Prachtexemplars genau erkennen. Der Hecht, weit über einen Meter groß, hatte den Köder quer im Maul. Alle drei

Haken hatten gefasst. Das gab Mut. Kurz vor dem Boot tauchte er und nahm Schnur. Er tauchte jetzt ständig unter das Boot und ich war damit beschäftigt, die Rute je nach Bedarf über Heck oder Bug in die gewünschte Richtung zu bringen.

Mein Eheweib störte sehr in meinen Aktivitäten. Meinem Vorschlag, auf der abgewandten Seite vom Fisch ins Wasser zu steigen und an Land zu schwimmen, wollte sie absolut nicht folgen.

Als der Hecht sich das zweite Mal zeigte, waren nur noch zwei Haken fest. Aber wieder tauchte er mit brutaler Gewalt unter das Boot.

Als der Hecht das dritte Mal hochkam, meinte ich, jetzt ist es soweit. Ich wies Heidi an, die Hunde und ihre Beine aus dem Mittelteil des Bootes zu nehmen. Ihre Frage: »Warum?«, erledigte sich schnell, als sie das Riesenmaul mit den starr nach innen gewandten Zähnen aus nächster Nähe sah. Inzwischen war auch der zweite Haken los und ich musste handeln. 50 Zentimeter trennten mich noch von dem Fisch meines Lebens, dann hätte ich ihm in die Augen oder hinter die Kiemen greifen können, um ihn ins Boot zu heben.

Das Vorfach hatte ich bereits erreicht, da machte er eine letzte verzweifelte Bewegung. Und … er war frei und stand nun unschlüssig im Wasser. Jetzt fiel mir wieder der Ratschlag von Kumpel Anders ein, notfalls mit dem Ruder erschlagen. Wie wild versuchte ich, ein Ruder aus der Verankerung zu reißen. Mein Fisch schaute mich mit kalten, verächtlichen Augen an und eine einzige Bewegung mit der riesigen Schwanzflosse reichte, um ihn in den Tiefen des Sees verschwinden zu lassen.

Totenstill war es an Bord.

Als erstes fand Heidi, wie sonst auch immer, Worte. »Kann ich mir jetzt etwas wünschen? Schließlich haben wir ihn ja wieder frei gelassen!«

Ich weiß bis heut nicht, warum ich sie nicht über Bord geworfen habe.

Als sich die Lage etwas beruhigt hatte, steuerten wir stillschweigend das nächstbeste Ufer an.

Etwas Essen, einen Kaffee aus der Thermosflasche, Beine vertreten. Die Hunde und ich mussten irgendwie den erhöhten Adrenalinspiegel abbauen, der sich angestaut hatte. An Land leuchtete alles gelb voller Pfifferlinge im grünen Moos. Mal gibt die Natur und manchmal eben nicht.

Wir konnten uns den Luxus leisten, nur die kleinen und mittleren Pfifferlinge zu ernten und füllten relativ schnell alle Behälter, die irgendwie leer waren, auch meinen Eimer für die erhoffte Angelbeute, den wir ja heute wohl nicht mehr brauchten.

Auf dem Rückweg fuhren wir an der großen Biberburg vorbei, welche wir jedes Mal besuchen, wenn wir hier oben sind. Ein mächtiges Bauwerk aus Ästen und kleinen Stämmen an der Oberfläche, wenigstens so 30 oder 40 Quadratmeter groß und so fest gebaut, dass man darauf laufen kann. Der Eingang ist unter Wasser und so können die Tiere unbeobachtet von deutschen Touristen ihr Quartier verlassen, beziehungsweise anschwimmen.

Die in der Nähe stehenden Bäume waren schon alle gefällt, so dass die Tiere mit ihrer Arbeit in eine 100 m entfernte Bucht ausweichen mussten. Ihre Lieblingsbäume sind Aspen und Birken, die am Ufer so gefällt werden, dass sie ins Wasser fallen. Nun haben die Biber frische Rinde zu fressen und Holz für die Erweiterung ihrer Burg. Die Waldbesitzer sind nicht immer froh. Aber was soll's, wo gehobelt wird, fallen Späne und wo Biber hobeln, große Bäume.

Wir beschlossen schließlich, in dieser seichten Bucht noch mal unser Angelglück zu versuchen. Aber dieses Mal vom Land aus. Ich dachte mir, zwischen den zahlreichen Bäumen, die im See liegen, wird bestimmt der eine oder andere Raubfisch auf Beute lauern. Schon nach dem ersten Wurf musste ich erkennen, dass die im Wasser liegenden Baumkronen auf meine Kunstköder lauerten. Weg waren sie, an irgendwelchen Hölzern in der Tiefe festgebissen.

Aber ein Blick in den Angelkoffer mit Edeka-Aufdruck zeigte mir, dass ich über ungeahnte Möglichkeiten verfügte. Kleine, große, bunte oder alte Blinker, von denen schon das Chrom abgefallen war, standen zu meiner Verfügung. Das Problem war nur, die Dinger aus dem fest gewebten Leinen des »Koffers« zu lösen.

Und siehe da, es war tatsächlich Fisch da, und noch dazu kein kleiner. Wenn es gelang, den Blinker irgendwie an den Bäumen vorbei zu führen, hatte ich auch Erfolg. Nach einer Stunde, wovon weit über die Hälfte Zeit mit Rettungsversuchen und Erneuerung meiner Kunstfische verstrich, waren wir dennoch hoch zufrieden. Zwei gute Hechte, beide über 70 cm und zwei Barsche fast 40 cm, die wir noch am See filetierten, bescherten uns ein opulentes Drei- Gänge-Menü:

1. Gang Vorspeise: Goldgelbe Pfifferlingsuppe mit Sahne verfeinert
2. Gang Hauptgericht: In Butter gebratenes Barschfilet an Meerrettich, Pellkartoffeln mit Dillbutter, dazu kühler Tafelweißwein aus dem Tetrapack
3. Gang Nachspeise: Süße Blaubeeren mit Milch

Herz, was willst du mehr?

Von dem Riesenfisch in der Tiefe träume ich noch manchmal, aber es tut schon nicht mehr so weh.

Die Unwegsamkeit des Lebens

Oft frage ich mich, wer lenkt die Dinge, die auf dieser Erde so passieren? Gibt es da oben wirklich jemanden, der die Fäden zieht, sind irgendwelche Geister dafür verantwortlich oder ist alles doch nur ein reiner Zufall?

Ihr kennt das alle. Immer, wenn man denkt, jetzt wird alles besser, passiert irgendetwas. Das Auto, wahlweise auch die Heizung, geht kaputt, man braucht neuen Zahnersatz oder das Finanzamt meint, es braucht noch ein paar Euro mehr, um den Auslandseinsatz der Bundeswehr zu finanzieren. Irgendwas ist doch immer.

Einer meiner Fast-Schwiegersöhne hat mal den klugen Satz erdacht:

»Man wir doch nie fertig!« Da ist etwas Wahres dran.

Nehmen wir zum Beispiel Schmiedemeister Bodenhaupt. Er hat eine Riesenfirma mit modernster Technik, die er sich im Laufe der Jahre angeschafft hat. Wenn man irgendetwas braucht, hat er fast alles und hilft gerne. Oft fahre ich mit meinen alten Autos in diese heiligen Wunderhallen. Selbstschneidende Schrauben, die größte Erfindung nach dem Rad, lösen fast jedes Problem. Kotflügel, Stoßstangen oder Nummernschilder kann man innerhalb von Sekunden wieder befestigen. Vorausgesetzt, der Rost ist noch nicht so doll in der Gegend, wo die Schrauben greifen sollen. Sieht zwar manchmal Scheiße aus, aber allemal besser als Rödeldraht oder blaues Band.

Und jetzt kommen ein paar Kriminelle und legen all die herrlichen Geräte in einen Transporter, auch noch mit Firmenaufdruck, und hauen damit einfach ab.

Jetzt frage ich mich, welche Macht ist dafür verantwortlich? Der Herr kann es nicht sein, der hat ein Gebot: Du sollst nicht stehlen!

Der Wachhund auch nicht: Wer schläft, der sündigt nicht!

Aber wer dann?

Oder Jagdfreund Siegfried: Pflichtbewusst, wie er nun einmal ist, macht er abends pünktlich seine Hühnerluke zu, damit der Fuchs nicht rein kommt. Morgens kommt der Fuchs genau dort raus, allein, hat sich einschließen lassen.

Welche bösen Entscheider besiegeln das Schicksal dieser armen Hühner?

Edeljagdhelfer Assi geht mit dicken Wattehosen zur Jagd. Kein Treiber kommt mit Wattehosen zur Jagd. Assi schon.

Er kennt alle Wege, die durch sämtliche Treiben der drei Nordbezirke führen. Gibt es einmal keinen Weg, findet er mit Sicherheit breite Wildwechsel, auf denen man herrlich flanieren kann. Trotzdem erwischt ihn auf einem dieser sicheren Pfade ein Keiler, der ihm auf der Flucht Wattehosen und Gesäß kaputt haut.

Dies könnte man eventuell der Jagdgöttin Diana zuschieben. Ihr 15. Gebot lautet: Du sollst als Treiber keine Wattehosen tragen.

Auch Dieter hadert manchmal mit dem Schicksal.

Anlässlich eines runden Geburtstages waren viele Gäste zum Brunch eingeladen. Beginn 10:00 Uhr mitten in der Woche. Eine nicht optimale Zeit für die arbeitende Bevölkerung. Doch Dieter wusste Rat.

Er packte sich morgens gute Klamotten ein, wusch sich notdürftig in einem Maurertuppen und zog sich rasch um. Er kam zwar etwas spät, aber zum Gratulieren doch noch rechtzeitig. Das Buffet war noch nicht abgeräumt, so dass auch für ihn noch ein paar Salmonellen übrig waren, die in den nächsten drei Wochen für einen geregelten Stuhlgang sorgten. Welcher Geist hat ihn geritten, seinen sicheren Arbeitsplatz zu verlassen, um sich in so eine Gefahr zu begeben?

Wir werden es wohl nie erfahren.

Also, wer auch immer unser Schicksal bestimmt. Heute sind wir erst mal hier bei Rüdiger in der Kneipe, und uns kann nicht viel passieren. Außer, dass er die Gläser nicht schnell genug wieder voll kriegt. Dann wissen wir aber, wer Schuld hat. Prost!

Zahnwechsel

Bei einigen kommt er früher, bei manchen später und bei ganz wenigen gar nicht. Zahnersatz! Ich gehöre zu den ganz Eiligen. Warum gerade ich? Schlechte Gene, zu viel Schokolade oder zu wenig geputzt? Auf diese Frage antwortet mein Zahnarzt salomonisch: Alles!

Zu dieser Zeit lebten 2 Hunde in unserer Familie. Eine uralte Dachsbracke namens Alf, jenseits des 14. Lebensjahres, mit allen Gebrechen, die das Alter so mit sich bringt. Gut hören konnte er schlecht, aber schlecht sehen konnte er gut. Also, um es kurz zu machen, der Hund war jedes Mal froh, wenn er von der Küche ins Wohnzimmer gelangte, ohne am Türrahmen anzustoßen. Doch was soll's, er hatte sich sein Gnadenbrot redlich verdient.

Eine Nachfolgerin war ja auch schon da. Eine Hannoversche Schweißhündin mit dem typischen Hundenamen »Amsel«. Lange überlegten wir, ob Amsel für einen Hund über 40 kg der richtige Name war. Fliegen konnte sie nicht, aber die Züchter Uli und Gabi hatten den Namen nun mal so in die Papiere eingetragen. Und verärgern wollten wir die beiden auf keinen Fall.

Amsel war leistungsmäßig sowie zwischenmenschlich der beste Hund, mit dem ich je das Sofa geteilt habe.

Im zarten Alter von etwa einem halben Jahr stellte sich bei ihr der Zahnwechsel ein. Das heißt, die Milchzähne fallen aus und das Dauergebiss wächst nach.

Auch bei mir war Zahnwechsel. Ein Teil meines Dauergebisses wurde entfernt und durch eine Teilprothese ersetzt. Diese drückte erbärmlich, und an den Fremdkörper im Mund konnte ich mich nur schwer gewöhnen. Immer wenn ich alleine war oder mich unbeobachtet fühlte, nahm ich das Ding raus.

Amsel freute sich über ihre neuen Beißer und probierte sie überall aus. Ganz im Gegensatz zu mir.

Es war an einem Sonntagnachmittag, irgendwann zur Adventszeit. Wir waren vormittags zur Jagd und kamen pünktlich zu Mittag nach Hause. So liebe ich das, ein richtig fettes Mittagessen, ein guter Rotwein und dann auf die Couch in die überheizte Wohnstube.

Heidi, mein Eheweib, hatte, wie jedes Jahr, die Kreativität gepackt, alles war schön vorweihnachtlich hergerichtet. Viel Tannengrün, Teller mit Nüssen und selbstgebackenen Plätzchen, der Kamin brannte. Herz, was willst du mehr? Gute Voraussetzungen für ein ausgedehntes Mittagsschläfchen. Und perfekt wurde es, als ich meine neuen Zähne rausnehmen und auf den Tisch legen konnte. Wir waren ja in Familie.

Irgendwann im Halbschlaf hörte ich Geräusche. Ein hartes Knacken, dann Ruhe, irgendwas rollte auf den Fußboden und dann wieder das Geräusch von irgendetwas Brechendem. Ohne mich zu bewegen, versuchte ich, die Ursache dieser Laute zu ergründen. Plötzlich wusste ich, was es war: Der Hund zerkaut Walnüsse. Das ist nicht gut. Er könnte sich verschlucken, daran sind schon Hunde gestorben. Wohl oder übel musste ich meine bequeme Lage aufgeben, um nach dem Rechten zu sehen.

Unter dem Tisch lag der braune Hund, schaute mich vergnügt an und schob lässig mit der Schnauze einige fleischfarbene Kunststoffteile hin und her. Nach Walnuss sah das nicht aus.

Oh, verdammt, jetzt durchfuhr es mich ganz heiß. Mein Zahnersatz lag nicht mehr auf dem Tisch, sondern in mehreren kleinen Stücken verstreut auf dem Teppich.

Um ›Pfui‹ zu sagen war es jetzt etwas zu spät. Heidi saß im Nebenraum am Computer, und sie war die erste, die meinen Zorn zu spüren bekam. Eigentlich konnte sie ja auch nichts dafür, aber besser seine Frau anmaulen, als einen jungen, hoffnungsvollen Hund einzuschüchtern.

Mir blieb jetzt nur noch, die sieben oder acht Teile einzusammeln und zu versuchen, sie wie ein Puzzle zusammenzusetzen, um die Vollständigkeit festzustellen. Alles war da, bis auf einen kleinen scharfen metallischen Haken, der das Objekt ursprünglich an den Restzähnen fixiert hatte.

Trotz intensiver Suche, es war weg. Jetzt war guter Rat teuer. Wenn sich das spitze Ding im Darm oder im Magen verfangen hatte, könnte sonst was passieren. Tierarzt, Sonntagnachmittag? Ich beschloss erst einmal zu warten, vielleicht käme es ja auch wieder raus.

Mein Plan war folgender: Den Hund mit leichter Kost füttern, ein paar Löffel Sonnenblumenöl, damit es besser rutscht und am nächsten Tag den Kackhaufen kontrollieren. Gesagt, getan.

Am nächsten Morgen fuhr ich mit Amsel in den Wald, ließ sie laufen und beobachtete scharf, wann sie sich lösen würde. Und es dauerte tatsächlich nicht lange.

Durch das Sonnenblumenöl war die Konsistenz allerdings nicht wie sonst, fest und länglich, und es bereitete mir viel Mühe, den weichen Haufen auf meinen Untersuchungstisch zu transportieren. Das war in diesem Fall ein alter Buchenstubben. Argwöhnisch wurde ich bei dieser Maßnahme vom Hund beobachtet.

Nun begann die Kontrolle, erst mit einem Holzstück, dann mit dem Jagdmesser. Nichts!

Und jetzt? Warten bis ein neuer Haufen kommt, oder gleich zum Tierarzt? Ich entschied mich fürs Erste. Wir wanderten weiter durch den Wald, aber nix passierte. Plötzlich ein Anruf.

Heidi: »Ich hab das Ding, steckte nach dem Aufsaugen im Staubbeutel!«

Die Erleichterung war groß. Wieder zu Hause, konnte ich nun die Teile vollständig zusammenbauen. Das sah dann relativ erbärmlich aus, als die Dinger so auf dem Tempotaschentuch lagen. Jetzt nahte das nächste Problem.

Wie sollte ich das dem Zahnarzt sagen? Ich schwankte zwischen »beim Angeln aus dem Boot gefallen und weg« oder »verloren und mit dem Auto überrollt«. Oder doch die Wahrheit?

Was soll´s! Lügen haben kurze Beine.

Am nächsten Tag beim Dentisten, das Tempotaschentuch mit den Einzelteilen auf der sterilen Platte neben dem Spucknapf. Nach einem kurzen, herzhaften Lachen meinte er, dass ich nicht der erste wäre. Nun wanderten die Teile zum Zahntechniker. Und wie ein Wunder, am nächsten Tag sah es aus wie zuvor. Die können was, die Leute! Und das Beste daran war, es passte besser als vorher.

Aber vielleicht hab ich mir das ja auch bloß eingebildet.

Nachwort

Angefangen hat alles damit, dass ich als Standesbeamtin kleine Geschichten und Gedichte für meine Traureden über die Liebe suchte. Dabei habe ich viele schöne Kurzgeschichten entdeckt, die den ganz normalen Alltag auf humorvolle Weise beschreiben. Diese hätten kaum in eine Traurede gepasst. Deshalb begann ich vor 9 Jahren mit dem Vorlesen von Geschichten verschiedener Autoren wie Beate M. Kunze, Gisela Steineckert oder Elke Heidenreich. Wenn ich heute mit meinem Plakat »Bitte wend(t)en!« zu meiner Lesung einlade, bleibt kein Stuhl in der Klönstuw von Christian Winter in Neukloster, in Schmidti´s Seeschloss Restaurant in Dargun, im Seniorenheim Neukloster, im Gutshaus von Jesendorf und Kahlenberg, in vielen Landvereinen der Dörfer meiner Heimat leer. »Bitte wend(t)en!« bedeutet nicht nur Vorlesen, sondern soll die Zuhörer selbst zum Lesen anregen, um wieder mal ein paar Seiten im Buch zu »wenden«. »Bitte wend(t)en!« bringt die Menschen miteinander ins Gespräch und lässt sie in geselliger Runde in Erinnerungen eintauchen. Zwischen den vorgelesenen Geschichten habe ich sehr oft Begebenheiten aus meinem Leben erzählt. Diese fanden so viel Anklang, dass ich nun anfing, sie aufzuschreiben. Da mein Mann ein ebenso humorvoller Geschichtenschreiber ist, habe ich auch seine Erzählungen mit Erfolg vorgelesen. Den Zuhörern gefällt es besonders, dass wir uns auch mal selbst auf den Arm nehmen können, dass wir selbst über uns lachen können. In diesem ersten gemeinsamen Buch, natürlich mit dem gleichnamigen Titel »Bitte wend(t)en!«, sind nun viele unserer Geschichten veröffentlicht. Und ich ahne, es wird nicht das einzige Buch bleiben. Denn unser Leben ist voller Geschichten, es gibt viele wunderbare Menschen, interessante Begegnungen, schöne Erinnerungen und komische Situationen. Für das Entstehen dieses Buches ein großes Dankeschön an Beate M. Kunze und der holländischen Kunstmalerin Ada Breedveld. Danke all unseren Freunden und Fans, allen Wendt´s und Kopperschmidt´s, unseren Kindern und vor allem meinem Mann. Es ist unser Buch!

Ach, Jürgen, übrigens: Du bist der beste Frühstückseier-Kocher der Welt!

Heidi Wendt